三十六歌仙の世界

―公任『三十六人撰』解読―

笹川博司 著

風間書房

家持（本書50頁参照）

小町（本書81頁参照）

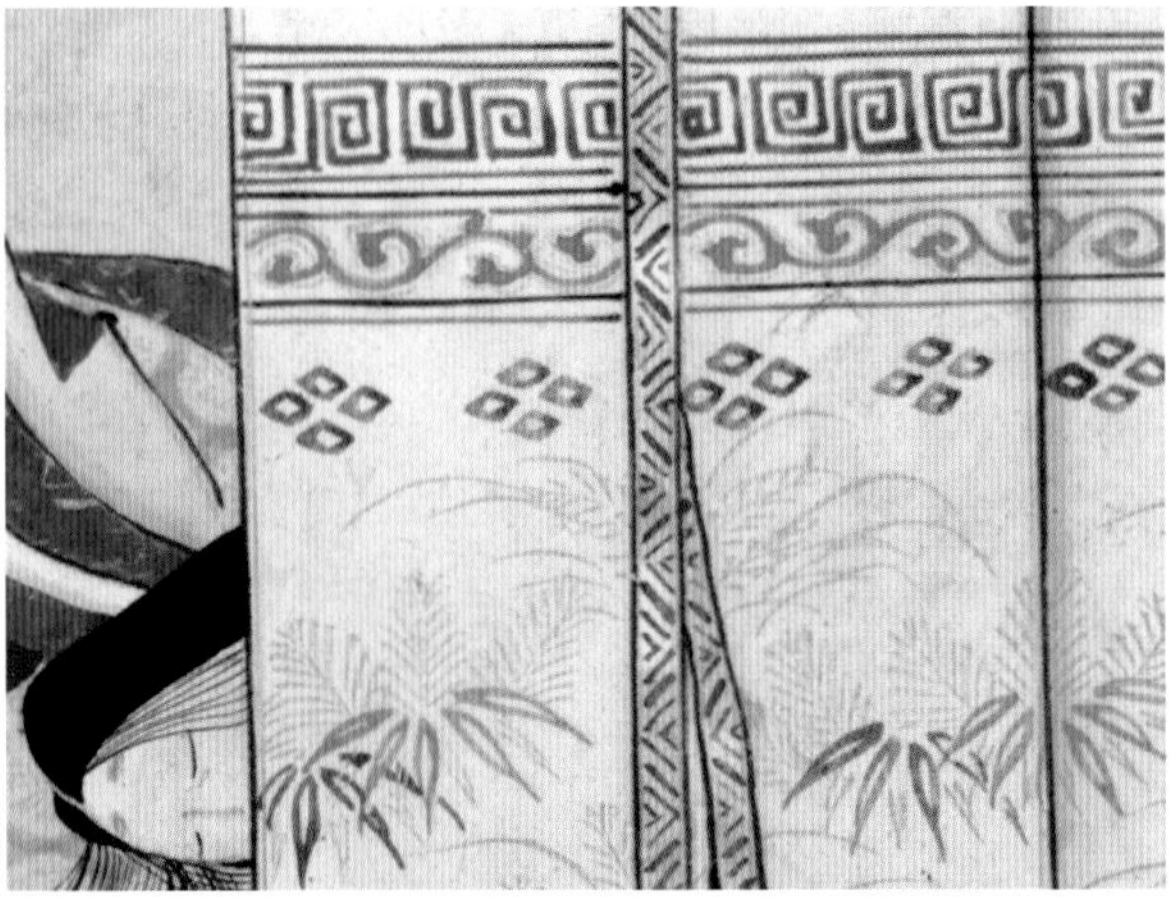

斎宮女御（本書120頁参照）

元輔（本書161頁参照）

目 次

凡　例

一、本書は、大阪大谷大学図書館蔵『三十六歌仙絵巻』に描かれた歌仙絵の紹介と、公任が撰んだ『三十六人撰』所収の和歌百五十首についての解説である。

一、大阪大谷大学図書館蔵『三十六歌仙絵巻』の書誌は「あとがき」参照のこと。

一、絵巻の各歌仙絵については、その「和歌」「装束」「姿態」を簡単に解説する。

一、各歌仙の「生涯」を概観し、歌仙絵と組み合わされる「一首」について解説する。

一、『三十六人撰』については、底本を書陵部本（五〇一・一九）として本文を作成し、和歌の口語訳を示し、出典や内容について解説する。解説に引用する和歌は、特にことわらない限り『新編国歌大観』（角川書店）に拠る。ただし『万葉集』は旧歌番号・西本願寺本の訓を示す。

一、歌仙絵と各十首あるいは各三首の和歌は、それぞれ歌合として性格も有している点を考慮し、「人麿1」「貫之1」などのように番号を付して見開きの左右に配し、番えられている理由を考える上で参考となるよう、左右いずれかの解説の末尾に、仮に「1番の題は…」などと歌題を指摘する。なお、解説の後に、歌題一覧を示した。

三十六歌仙の世界―公任『三十六人撰』解読―

人麿《ひとまろ》（一ノ左方）柿本人丸

▼**和歌**　「ほの〲と」（→16頁）

▼**装束**

○萎烏帽子《なええぼし》に、上代から平安末期まで行われた、生地が柔らかく、服装の輪郭がなだらかな萎《なえ》装束を纏う。強《こわ》装束に対する衣裳。打梨《うちなし》とも。

○直衣《のうし》は浮線綾《ふせんりょう》の丸文のある白で、朱の当帯《あておび》。

○指貫《さしぬき》は紫色緯《ぬき》白で、八藤《やつふじ》の丸文がある。

＊これらの文様は、鎌倉時代十三世紀の作とされる伝藤原信実筆「柿本人麻呂像」（京都国立博物館蔵）なども同じ。

▼**姿態**

○脇息《きょうそく》にもたれかかって右方を眺めやる。

○長い顎鬚《あごひげ》に加え、口髭・頬髯《ほおひげ》・眉毛も長い。

貫之《つらゆき》（一ノ右方）紀貫之

▼和歌「桜散」（↓17頁）

▼装束

○垂纓《すいえい》の冠を被り、縫腋《ほうえき》の黒地有文《うもん》の袍《うえのきぬ》を着る。

○霰《あられ》文の表袴《うえのはかま》に、襪《しとうず》を佩き、足首からは赤大口《あかのおおぐち》が覗く束帯《そくたい》装束。

○浮線綾の丸文のある、下襲《したがさね》の裾《しり》を引く。

○袖口や盤領《まるえり》から見える紅の衵《あこめ》が絵にアクセントを与えている。

▼姿態

○袖中の右手は右足の上に置き、左手は立てた笏《しゃく》の上に被せ、その左手の上に顎を載せ、真っ直ぐに前方を見据える。

○視線の先には桜散る光景があり、歌想を練る姿か。

人麿　**▼生涯**　柿本朝臣。生没年及び経歴未詳。『万葉集』に見える人麻呂歌は、持統朝を中心とした時期の作。同時期に柿本氏から出た佐留（猨）という人物がいて、『続日本紀』和銅元年（七〇八）四月廿日に従四位下で卒すとある。この猨と人麻呂を同一人物とみて、人麻呂が猨と改名させられ流されたという人麻呂刑死説もあるが、根拠に乏しい。人麻呂は、他に類を見ない雄渾荘重な歌風の、『万葉集』を代表する歌人。『古今和歌集』仮名序では奈良の帝の治世の「正《おほき》三位《みつのくらゐ》」の「歌聖《うたのひじり》」とされ、真名序では「人丸」は五位に相当する「柿本大夫」と呼称され、矛盾する。公任が『拾遺抄』十巻を編纂した段階では、貫之五十四首に対して人麿九首を撰んだが、『拾遺和歌集』廿巻になると、貫之百七首に次ぐ人麿百四首が撰ばれている。公任が貫之を、具平《ともひら》親王が人麿を評価し、それぞれ十首ずつ歌を選んで優劣を競い合ったところ、十首中、貫之は一首勝ち、一首を持《も》ち（引分け）にしただけで、残りの八首はすべて人麿が勝ったという説話が『袋草紙』に見える。元永元年（一一一八）には、人麿画像供養と歌会を合体させた人麿影供《ひとまろえいぐ》が藤原顕季《あきすえ》によって創始される。

▼一首　歌仙絵に掲げられる一首は、「ほのぼのと」（↓16頁）の他、「**たつた河もみぢば流る神なびのみむろの山に時雨ふるらし**」（古今集・秋下・二八四）が掲出される場合もある。「題しらず」「よみ人しらず」の歌だが、『拾遺和歌集』冬・二一九に再録され、詞書は「奈良のみかど竜田河に紅葉御覧じに行幸ありける時、御ともにつかうまつりて」、作者は「人麿」とされる。

貫之 **▼生涯**　父は紀望行。『古今和歌集』撰者の一人。『土佐日記』作者。生年は不明。『土佐日記』承平五年（九三五）正月廿一日条に見える「ななそぢ・やそぢは、海にあるものなりけり」を、七十歳を前にしての感慨とみて、この年の年齢を六十五歳と仮定すると、貞観十三年（八七一）生まれということになる。この仮定によると『古今和歌集』を撰進した延喜五年（九〇五）は三十五歳、土佐守に任ぜられた延長八年（九三〇）は六十歳。『三十六歌仙伝』や『古今和歌集目録』の天慶九年（九四六）卒去に従うと、享年七十六歳。小異はあっても大過はないであろう。古今集の仮名序や真名序に見える貫之の肩書は「御書所預《ごしょどころのあづかり》」。その後、越前権少掾、内膳典膳、少内記、大内記を歴任。延喜十七年正月七日、従五位下。さらに、加賀介、美濃介、大監物、右京亮、土佐守、玄番頭《げんばのかみ》を歴任。天慶六年（九四三）正月七日、従五位上に叙せられ、同八年（九四五）三月廿八日、木工権頭《もくのごんのかみ》に任ぜられたのが極官となる。

▼一首　歌仙絵に掲げられる一首としては、「桜ちる」（↓17頁）以外に、「**むすぶてのしづくににごる山の井のあかでも人にわかれぬるかな**」（古今集・離別・四〇四）の場合がある。志賀の山越えで出会った女との惜別の余情が、巧みな序詞の趣向に託して詠まれている。掬い上げる手から落ちる雫によって、たちまち濁る山の井の仏に供える閼伽《あか》（水）ではないが、飽かず（満足しないうち）に、あなたと別れてしまうことです。『拾遺和歌集』雑恋・一二二八に再録される。俊成が貫之の三首の一首として撰んだ歌。

人麿1

昨日こそ年はくれしか　春霞かすがの山にはや立ちにけり

昨日年は暮れたばかりなのに、春霞が春日の山に早くも立つようになったよ。

『万葉集』巻十・一八四三に「昨日杜《きのうこそ》　年者《としは》極之賀　春霞《はるがすみ》　春日山尓《かすがのやまに》　速立尓《はやたちに》来《けり》」と見える。「極之賀」を『万葉集』の現代の注釈では「はてしか」と訓むが、西本願寺本のルビは「クレシカ」。中古・中世には「年は暮れしか」と読まれてきたのである。「こそ…しか」は強調逆接。「立ちにけり」の「に」は状態の発生。「けり」は発見の詠嘆。作者不明歌だが、「春日山」を詠むところから平城京時代の歌であろう。しかし、『古今和歌六帖』一・ついたちのひ・一四や『拾遺和歌集』春・三は作者を「山辺赤人」とし、『赤人集』一四一にも収められ、十世紀末には山部赤人が作者と考えられるようになったらしい。『家持集』にも見えるが、冷泉家蔵資経本の頭注に「拾遺赤人哥歟」とある。一方、一条朝に成立する『麗花集』や藤原公任撰『深窓秘抄』では、作者を「柿本人丸」「ひとまろ」とする春の巻頭歌。春歌の巻頭に置くのにふさわしい秀歌で、公任は歌聖「人麿」作と判断した。『和漢朗詠集』霞・七七は「立春日　人丸」。

貫之1

問ふ人もなきやどなれど　くる春はやへむぐらにもさはらざりけり

訪ねて来る人もない宿だけれど、めぐり来る春は八重葎にも邪魔されることがないことだ。

『新撰和歌』七に所収。『新撰和歌』は、紀氏新撰・貫之髄脳ともいわれ、紀貫之が主として『古今和歌集』から「花実相兼而巳」という秀歌と信ずる三六〇首を抽撰した歌集。しかし、この歌は『古今和歌集』には見えない。序によると、貫之の土佐守在任中の、延長八年（九三〇）から承平四年（九三四）までの間に撰出。訪ねてくる人もいない我が宿であるけれど、めぐってくる春は、八重葎にも邪魔されずやって来たことだ。『貫之集』二〇七の詞書には「三条右大臣（藤原定方）屏風のうた」とある。男の訪れもなく荒れ果てた庭を眺める女が描かれた屏風の図柄に合わせ、貫之は画中の人物の視点でこれを詠んだらしい。『古今和歌六帖』二・やど・一三〇六が収め、公任の秀歌撰『深窓秘抄』四が採る。『源氏物語』に「草も高くなり、野分にいとど荒れたるここちして、月影ばかりぞ、八重葎にもさはらずさし入りたる」（桐壺・一二）と引き歌され、『新勅撰和歌集』春上・八に入集。1番の題は「はじめの春」。

人麿2

あすからは若菜つまむと　片岡の朝《あした》の原はけふぞやくめる

明日からは若菜を摘もうと、片岡の朝の原は今日焼いているようだ。

『拾遺和歌集』春・一八に「題知らず」「人麿」として入集。『人丸集』一六九の初句は「あすよりは」。『三十人撰』二、『和漢朗詠集』若菜・三五（人丸）の第二句は「若菜つませむ」。西本願寺本『人麿集』一六九は「春菜つませむ」。『万葉集』に「従明日者《あすよりは》　春菜《はるな》将採跡《つまむと》」（巻八・一四二七）など。「片岡の朝の原」に煙が立つのを見て、明日からは若菜を摘もうと今日、野焼きをしているようだと詠む。「める」は視覚による推量。「あした」の原の「けふ」の野焼きが「あす」の若菜摘みに繋がる。「片岡の朝の原」は、「霧立ちて雁ぞなくなる片岡の朝の原は紅葉しぬらむ」（古今集・秋下・二五二、よみ人しらず）などと見える歌枕。現在の奈良県北葛城郡王寺町から香芝市にかけての丘陵という。『日本書紀』推古天皇廿一年（六一三）十二月一日条に、聖徳太子が「片岡」に出かけ、道端に臥せっている飢えた者を見て、飲食物を与え、衣服を脱いで掛けてやったことが見え、その折の和歌が同じ『拾遺和歌集』哀傷・一三五〇に見える。

貫之2

行きて見ぬ人もしのべと　春の野のかたみにつめるわかななりけり

行って春の野を見ていない人もこれを味わえと、春の野の形見として筐に摘んだ若菜であるよ。

『貫之集』三の詞書によると、「延喜六年（九〇六）、月並《つきなみ》の屏風八帖が料《れう》の歌《うた》四十五首、宣旨《せじ》にてこれを奉《たてまつ》る廿首」のうちの一首で、「子《ね》の日遊《びあそ》ぶ家《いへ》」の図柄に合わせて詠まれた歌。当時、正月の初めの子の日には、人々は野に出て若菜を摘み、食して健康を祈った。「しのべ」は、味わい賞美せよ。『貫之集』の第三句は「春の野に」。「摘める」に係ることになる。『古今和歌六帖』一・わかな・四四や公任撰の『金玉集』一〇、『深窓秘抄』一二、『三十人撰』一二、『和漢朗詠集』若菜・三七などは「春の野の」という本文。「かたみ」に係って「形見」（春の野を偲ぶための若菜）という意味が明確になり、「筐《かたみ》」（竹で作った籠）との掛詞が生きてくる。何かの事情で子の日の野遊びに出かけられず、春の野を見られなかった人も、春の野を偲んでくださいと、春の野の形見として筐に摘んだ若菜ですよ。若菜を籠に摘んで持ち帰った、画中の人物の立場に立って詠む。『新古今和歌集』春上・一四に入集。2番の題は「若菜摘む」。

人麿3

梅花其とも見えず　久方のあまぎる雪のなべてふれれば

梅の花がそれとも見えない。空がどんよりと曇り雪が一面に降り積もっているので。

『拾遺和歌集』春・一二に「題しらず」、作者「柿本人麿」として入集。『人丸集』一七〇。『古今和歌集』冬・三三四にも「よみ人しらず」で見え、左注に「この歌は、ある人のいはく、柿本人まろが歌なり」とある。仮名序に「（和歌は）ならの御時よりぞ、ひろまりにける」といい、「かのおほむ時に、おほきみつのくらゐ、かきのもとの人まろなむ、うたのひじりなりける」と見える箇所の古注に、「人麿」の例歌として挙げられている。藤原公任撰『深窓秘抄』八が作者を「人丸」とし、古今集の左注や仮名序の古注は公任によるという説も。「あまぎる」は、雲や霧などがかかって、空一面がどんよりと曇る。白梅は花が咲いていてもその存在を確認できない。空をかき曇らし雪が一面に降っているので。六朝詩の詩題「雪ノ裏《うち》ニ梅花ヲ覓《もと》ム」などの影響で、「雪中梅」が和歌にも詠まれる。『万葉集』に「わがせこに見せむとおもひし梅花《うめのはな》　其十方《それとも》不所見《みえず》　雪乃零有者《ゆきのふれれば》」（巻八・一四二六、山部赤人）（↓57頁）など。3番の題は「春」（はじめ・はて）。

貫之3

花もみなちりぬるやどは　行く春の故郷とこそ成りぬべらなれ

花も皆散ってしまった宿は、行く春の故郷となってしまったようだ。

『拾遺和歌集』春・七七に詞書「おなじ（延喜）御時月次御屏風に」として入集。『拾遺抄』春・五三。貫之2と同じ折の屏風歌。画題は「三月つごもり」（貫之集・八）。『新撰和歌』一一五の第二句は「ちりぬるのちは」。『古今和歌六帖』一・はるのはて・六四の作者は「そせい」。公任撰の『金玉集』二二、『深窓秘抄』二六、『三十人撰』一三、『和漢朗詠集』三月尽・五七などにも収められる。「三月つごもり」は「春のはて」で、ゆく春を惜しむ日であり、それが「三月尽」である。花もすべて散ってしまった我が家は、まさに行く春の故郷、春が見捨てて去ってしまうと、さびれた空間になってしまうにちがいない。漢詩文に学んで春という季節の擬人化し、春が旅立った後の寂しさを思う。『和漢朗詠集』三月尽所収の白居易の詩句に「春ヲ留ムルニ、春ハ住《とど》マラズ。春ハ帰リテ、人ハ寂寞タリ。風ヲ厭フニ、風ハ定マラズ。風ハ起コリテ、花ハ蕭索タリ」（五〇）、「惆悵ス。春帰リテ留ムルコトヲ得ザルヲ」（五二）など。

人麿4

郭公鳴くやさ月の短夜も　独しぬればあかしかねつも

ホトトギスの鳴く五月の短い夜も、独りで寝ると明かしかねたことだ。

『拾遺和歌集』夏・一二五に「題しらず　よみ人しらず」として入集。『拾遺抄』夏・八〇の左注に「此歌、柿下《もと》人丸集にも入れり云云」とある通り、『人丸集』一七三に見える。おそらく、『古今和歌六帖』五・ひとりねに並ぶ二首「人まろ／かささぎのはねにしもふりさむきよをひとりやわがねん君まちかねて（二六九八）／ほととぎすなくやさつきのみじかよもひとりしぬればあかしかねつも（二六九九）」の、一首目の作者表記「人まろ」が二首目にも及ぶと考えた結果だろう。『万葉集』巻十・一九八一の作者不明歌「霍公鳥《ほととぎす》　来鳴《きなく》五月之《さつきの》短夜《みじかよ》毛《も》　独宿者《ひとりしぬれば》　明《あかし》不得毛《かねつも》」が原歌。『赤人集』二六〇にも見えるが、「このうた人丸集にあり」との左注がある。『和漢朗詠集』夏夜・一五四は「人丸」。「短夜も」の「も」は、さえも、の意。恋人や妻のいない独り寝は、夜が長く感じられて明かしづらかった、という。ホトトギスの声は、恋の憂愁を誘う。「ほととぎす鳴くや五月の…あやめも知らぬ恋もするかな」（古今集恋巻頭歌）など。

貫之4

夏の夜の　ふすかとすれば郭公鳴く一声にあくるしののめ

夏の夜の、臥したかと思うとホトトギスの鳴く一声に明ける東雲であるよ。

夏の夜の、横になったかと思うと、ホトトギスの鳴く一声に、もう明ける東雲であるよ。初句「夏の夜の」は、結句「しののめ」に係る。「しののめ」は、東の空に明るさがわずかに動くころ。主として和歌の中で、「しののめの別れ」「しののめの道」のように相愛の男女の別れを詠むのに用いられた。夜明け直前の、「あけぼの」よりもやや暗いころ。『古今和歌集』夏・一五六に入集。詞書は「寛平御時きさいの宮の歌合のうた」。『寛平御時后宮歌合』四六や松平文庫本『新撰和歌』一三七は初句「夏の夜は」。寿永三年（一一八四）顕昭の勘注した『柿本朝臣人麻呂勘文』によると、初句「なつの夜は」で引かれ、人麿4と合わされて唯一、貫之が勝った歌である。「夏の夜は」「あくるしののめ」だと、『枕草子』の「春はあけぼの」「夏は夜」などと同じ文型になるが、やはり「夏の夜の」という本文には及ばない。雅俗山荘本古今集の「なつのよを」は論外。誤写だろう。『和漢朗詠集』夏夜・一五五。4番の題は「郭公鳴く」。

人麿5

飛鳥河もみぢば流る　葛木の山の秋風吹きぞしくらし

飛鳥川に紅葉が流れている。葛城の山の秋風が激しく頻りに吹いているらしい。

『万葉集』巻十・二二一〇の作者不明歌「明日香河《あすかがは》　黄葉流《もみちばながる》　葛木《かづらきの》　山之《やまの》木葉者《このはは》　今之《いまし》散疑《ちるらし》」が原歌。『家持集』一二七の下の句は「山のこのははいまかちるらし」。公任が『深窓秘抄』五一や『和漢朗詠集』落葉・三一四に収める際に、「やまのあきかぜふきぞしくらし」と本文を整え、人麿作とした。「ふきぞしくらし」の「ふきしく」は、「吹き敷く」と「吹き頻く」の二つの解釈が可能。風が木の葉などを吹き散らして辺り一面に敷くのか、しきりに盛んに吹くのか。『源氏物語』の「夕風のふきしく紅葉の色々こきうすき、錦をしきたる」（藤裏葉・一〇一七）は前者、『後撰和歌集』の「白露に風のふきしく秋の野は貫きとめぬ玉ぞ散りける」（秋中・三〇八、文屋朝康）は後者の用例。「葛城」は役行者《えんのぎょうじゃ》以来の修験道の霊場で、後者の解釈がふさわしいか。飛鳥川にもみぢ葉が流れていることを根拠に、葛城の山の秋風が激しく頻りに吹いているらしいと推定する。『新古今和歌集』秋下・五四一に「題しらず　柿本人麿」として入集。

貫之5

見る人もなくてちりぬるおく山の紅葉は　よるの錦なりけり

見る人もなくて散ってしまう奥山の紅葉は、夜の錦であったよ。

『古今和歌集』秋下・二九七に入集。詞書は「北山に紅葉をらむとてまかれりける時によめる」。平安時代「北山」は京都市北区大北山周辺を指すことが多く、「おく山」と詠まれているので衣笠山あたりか。あるいは、『小右記』万寿二年（一〇二五）八月九日条に「北山辺ニ隠居スベシ、長谷《ながたに》、石蔵《いわくら》、普門寺ノ間歟」と見え、また長谷に隠居した公任著の儀式書も『北山抄』という書名で、左京区岩倉一帯も「北山」と称されていたことが知られ、岩倉盆地を取り囲む山の紅葉だったかもしれない。「AはBなりけり」型の和歌。「けり」は発見の詠嘆。見る人もいなくて散ってしまう、この美しい奥山の紅葉は、あの「夜の錦」の故事そのものだったよ。その故事とは『漢書』項羽伝や『史記』項羽本紀に見える「富貴ニシテ故郷ニ帰ラザルハ、錦ヲ衣テ夜行クガ如シ」。『新撰和歌』八二、『古今和歌六帖』六・紅葉・四〇六三、公任撰『金玉集』三〇、『深窓秘抄』五四、『和漢朗詠集』落葉・三一六。5番の題は「山の紅葉」。

人麿6

ほのぼのと明石の浦の朝ぎりに　島がくれ行く舟をしぞ思ふ

ほのぼのと明るくなってゆく明石の浦の朝霧のなか、島陰に隠れてゆく舟を思うことだ。

『古今和歌集』羇旅・四〇九に「題しらず」「よみ人しらず」として入集。左注に「このうたは、ある人のいはく、柿本人麿が歌なり」とある。仮名序の古注にも、人麿3と同様、「人麿」の例歌として挙げられている。『古今和歌六帖』三・ふね・一八一八に作者「人まろ」として収められ、『人丸集』二一七にも見える。公任撰の『金玉集』四七、『深窓秘抄』七五、『前十五番歌合』二九、『三十人撰』七、『和漢朗詠集』行旅・六四七なども人麿作として採られ、『九品和歌』では「上品上」とされて「これは、ことばたへ（妙）にして、あまりの心（余情）さへあるなり」と最高の評価が与えられている。ほのぼのと明るくなっていく明石の浦、そこに立ちこめる朝霧のなか、島陰に消えてゆく舟。その情景をしみじみとを眺めやる。地名「明石」に形容詞「明かし」を掛ける。鴨長明『無名抄』が師の俊恵の言葉「コレコソ余情ウチニコモリ、ケイキ（景気）ソラニウカビテ侍」を紹介するなど、人麿信仰と相俟って歌の手本とされてきた歌。

貫之6

桜ちるこのした風は寒からで　そらにしられぬ雪ぞふりける

桜が散る木の下風は寒くなくて、空に知られない雪が降っていることだ。

『拾遺和歌集』春・六四に「亭子院歌合に」として入集。『拾遺抄』春・四二。延喜十三年（九一三）三月十三日、宇多法皇が居所の亭子院で催した歌合で詠まれた歌。「このした風」は、桜が散る木の下を吹く風。貫之には「白雪のふりしく時はみよしのの山した風に花ぞちりける」（拾遺集・冬・二五三）という歌もある。「山下風」は「嵐」の戯訓。「木の下風」も、そこからの連想か。絢爛と桜花の舞う春の景と、木の下を雪片が飛び交う冬の景とが交錯する幻視のなかで、「寒からで」と寒さの感覚が捨象される。「空に知られぬ雪ぞ降りける」は、「空」を擬人化し、空が降らす雪ではない、非日常的な全く新しい雪を発見し、詩的想像の世界を構成する。『新撰和歌』八一、『貫之集』八一八、『古今和歌六帖』六・桜・四一八二に収められ、公任は、『金玉集』一四、『深窓秘抄』二五、『前十五番歌合』一、『和漢朗詠集』落花・一三一などに採り、「貫之ノ第一ノ秀歌」（『袋草紙』）と考えていたという。6番の題は「朝霧・落花」。

人麿7

たのめつつこぬ夜あまたに成りぬれば　またじと思ふぞまつにまされる

あてにさせては来ない夜が多くなったので、待つまいと思う思いが待つ思いに勝ることだ。

『拾遺和歌集』恋三・八四八に「題しらず　人麿」として入集。『拾遺抄』恋上・二八四。公任撰『深窓秘抄』七一や『和漢朗詠集』恋・七八八に人麿作として収められ、『人丸集』二〇八にも見える。『伊勢物語』第廿三段の「君来むと言ひし夜ごとに過ぎぬれば頼まぬものの恋ひつつぞ経る」を踏まえ、あなたは私に「訪ねる」と言って期待させておきながら、その度に訪ねて来ない夜が何度も重なった。今では、あなたが「訪ねる」と言ってきても、また裏切られるだろうから、もう「待つまい」と思う。そう思う辛さの方が、あなたの言葉を信じて来ないあなたを待つ辛さよりも、あなたの言葉が信じられなくなってしまった分、いっそう辛いことがわかるようになってしまった、というのである。来訪の約束を何度も破る男への、女の恨み。赤染衛門詠「たのめつつこぬ夜はふともひさかたの月をばひとのまつといへかし」（新勅撰集・恋五・九五六）は、この歌の本歌取り。平安時代の人麿理解がよくわかる一首。

貫之7

こぬ人をしたにまちつつ　久方の月をあはれといはぬよぞなき

来ない人を秘かに毎晩待ち続けて、月を「ああ（綺麗）」と言わない夜がないことだ。

『拾遺和歌集』雑賀・一一九五に詞書「延喜十七年（九一七）八月、宣旨によりてよみ侍りける」として入集。醍醐天皇の勅命によって屏風歌の料として貫之が詠んだ歌。屏風絵には、月を眺める女の姿が描かれていたらしい。画中の女の立場から「来ぬ人を」と詠む。「したに」は、内々に、秘かに。「つつ」は反復・継続。毎晩ずっと待ち続けて。「久方の」は、月を導く枕詞であると同時に、訪ねて来ない男との距離感を暗示する。遙か彼方の、という男との心理的な距離と、物理的な月との距離。「あはれ」は、女の嘆きから吐く溜息でもあり、月の美しさへの感動のことばでもある。「いはぬ夜ぞなき」だから、男の来訪はずっとない。周りの目を気にして、表面上は、美しい月を眺めるための夜更かし、と見せている点が「哀れ」である。陽明文庫本『貫之集』八〇の詞書も「延喜十七年八月宣旨によりて」。公任の秀歌撰『深窓秘抄』七二では人麿7の次に配列。7番の題は「来ぬ人を待つ恋」。

人麿8

葦引の山鳥の尾のしだりをの　ながながし夜をひとりかもねむ

山鳥の尾のしだり尾のように、長い長い夜を独りで寝ることになるのだろうか。

『拾遺和歌集』恋三・七七八に「題しらず　人まろ」として入集。『万葉集』巻十一・二八〇二の作者不明歌に「念友《おもへども》　念毛《おもひも》金津《かなつ》　足檜之《あしひきの》　山鳥《やまどりのを》尾之《の》　永此夜《ながきこのよ》乎《を》」があり、左注「或本歌云、足日木乃《あしひきの》　山鳥之《やまどりの》尾《を》乃《の》　四《し》垂尾《だりを》乃《の》　長永《ながながし》　夜《よ》乎《を》　一鴨将宿《ひとりかもねむ》」が付いている。この「或本歌」が『古今和歌六帖』二・山どり・九二四に結句「わがひとりぬる」で採られ、その段階では作者表記は無かった。しかし、人麿礼讃の風潮と、和歌への評価とが結びつき、『拾遺和歌集』に人麿詠として採られたのである。「しだり尾」は、長く垂れ下がっている尾。秋の夜長の独り寝の寂しさや侘しさがもちろん主想だが、上の句の序詞のもつ夜の「山鳥」の夢幻性や「しだり尾」のしなやかさによって優美な詩的形象が生まれている。「の」は比喩。下の句の「か」は疑問。「も」は強調。「む」は未来の推量。公任撰の『深窓秘抄』七四や『和漢朗詠集』秋夜・二三八にも人麿作として収める。定家の嗜好に合ったらしく、『百人一首』に撰ばれて有名になった。

貫之8

思ひかね妹がりゆけば　冬の夜の河風寒み千鳥なくなり

恋の思いに堪えかねて愛する女のもとへゆくと、冬の夜の河風が寒いので千鳥が鳴いている。

『拾遺和歌集』冬・二二四に「題しらず　つらゆき」として入集。『貫之集』三三九に詞書「おなじ（承平）六年（九三六）春、左衛門督の殿の屏風歌／冬」で収める。承平六年の「左衛門督」は、『公卿補任』によると従三位中納言藤原実頼《さねより》。屏風の図柄は、一筋の川が描かれ、千鳥が群になって川辺に遊ぶ冬景色か。貫之は、屏風絵のなかの世界に入り、千鳥の「鳴き声」を聴き、冬の夜の河風の「冷たさ」を感じ取り、「恋の思いに堪えかねて女のもとへ急ぐ男」という物語的世界を創り上げた。初句は第二句に続くと同時に、結句にも係る。「千鳥」は、「冬の夜の河風」の「寒さ」に耐えかねて「泣く」女の化身でもあろう。公任は、本歌を花山院への奏覧本（書陵部本405・111）『拾遺抄』には入れなかったが、手沢本には「題不知」として加えた。五八三番歌（島根大学本・一四六）である。『新撰髄脳』七で「よき歌のさま」と評価し、秀歌撰の『金玉集』三五、『深窓秘抄』五九、『和漢朗詠集』冬夜・三五八に収める。8番の題は「鳥に寄せる夜の恋」。

人麿9

わぎもこがねくたれがみを　さるさはの池の玉もと見るぞかなしき

私の愛おしい妻の寝乱れた髪を、猿沢の池の玉藻と見るのが悲しいことだ。

『拾遺和歌集』哀傷・一二八九に詞書「さるさはの池にうねべの身なげたるを見て　人まろ」として入集。「猿沢の池」は、奈良興福寺南大門前の放生池。『拾遺抄』雑下・五五五。『人丸集』二二一。『大和物語』第百五十段によると、昔、「奈良の帝」（平城天皇）にお仕えする采女が帝を慕い、他の人々が求婚しても結婚しなかった。帝は一度だけお召しになったが、二度とはお召しがなかった。采女は、夜も昼も帝が忘れられず、恋しくて仕方がない。それでも役目がら普段通りに帝にお仕えしなければならないことが辛くて、これ以上生きていけない気持ちがして、猿沢の池に身を投げて死んでしまった。その後、このことが帝の耳に入り、かわいそうに思い、池の畔に行幸し、人々に歌を詠ませた。その折「柿本人麿」が詠んだのがこの歌だという。「わぎもこ」は、自分の妻や恋人を親愛の気持ちをこめて呼ぶ語。帝の視点で詠む。「寝くたれ髪」は、寝乱れ髪。人麿は、平城天皇に仕えていた官人と考えられてもいたのである。

貫之9

君まさで煙たえにししほがまの　うらさびしくも見え渡るかな

あなたがいらっしゃらなくて煙が絶えてしまった塩竈の浦は、一面うら寂しく見えるよ。

『古今和歌集』哀傷・八五二に入集。詞書は「河原左大臣《かわらのひだりのおほいまうちぎみ》の、身まかりてのち、かの家にまかりてありけるに、しほがまといふ所のさまをつくれりけるを見て、よめる」。『貫之集』（七七一）の詞書には「塩がまといひし所のさまの、あれにたるをみて」とある。「河原左大臣」は源融《とおる》。『公卿補任』によると、寛平七年（八九五）年八月廿五日、七十四歳で薨去するまで、廿四年間左大臣の官職にあった。『伊勢物語』第八十一段にも見える通り、鴨川の六条河原に面し、陸奥の塩竈を模した庭のある大邸宅を造営した。河原院《かわらのいん》は、『二中歴』『拾芥抄』によると「六条坊門（現在の五条通）南、万里小路（柳馬場通）東」「六条北」の京内四町が「元六条院」、「京極東」四町が「東六条院」とも呼ばれ、『源氏物語』の六条院のモデルとなったらしい。薨去後は、河原院も荒廃し、藻塩を焼く煙もすっかり絶えたという。「うら寂し」の「うら」（心の底からしみじみと）に「浦」を掛ける。9番の題は「哀傷」。

人麿10

物のふのやそ宇治河のあじろ木にただよふ浪の　ゆくへしらずも

宇治川の網代木に流れを遮られ滞る浪のように、流転する我が人生の行方がわからないよ。

『万葉集』巻三・二六四に「柿本朝臣人麿、近江国より上り来りし時、宇治河の辺に至りて、作りし歌一首」として「物乃部能《もののふの》　八十氏河乃《やそうぢかはの》　阿白木尓《あじろきに》　不知代経浪乃《いさよふなみの》　去辺白不母《ゆくへしらずも》」とある。「不知」は、打消と呼応する副詞「いさ」と訓む。「ただよふ」ではなく、「いさよふ」が本来。たゆとう、の意。上代の「もののふ」は朝廷に仕える文武《ぶんぶ》百官。「もののふの八十氏《やそうぢ》（宇治）川」と言い掛けた。「八十《やそ》」まで「宇治」の序。「あじろ木」は、魚を捕る簀である網代を支えるために川に打たれた杭。「阿白木」「白不母」と「白」の字を二回繰り返し使用して、波頭の白さを強調するか。『新古今和歌集』雑中・一六五〇に第四句「いざよふ浪の」の本文で、作者「人麿」として入集する。「浪の」の「の」は、連体格とみて「浪の行方がわからない」と読むこともできるが、比喩の格助詞とみて、第四句までを序詞と解釈したい。宇治川の網代木に流れを遮られ滞る浪は、運命に翻弄され、流転していく人生の象徴と感じられるのである。

貫之10

逢坂の関のし水に影見えて今や引くらん　もち月の駒

逢坂の関の清水に姿が映って今ごろ牽いているだろうか、望月の駒を。

『拾遺和歌集』秋・一七〇に「延喜御時月次御屏風に」で入集。『拾遺抄』秋・一一四。『貫之集』一四。貫之2・3と同じ折の屏風歌。画題は「八月こまむかへ」。「駒迎へ」とは、諸国から朝廷へ貢進される馬を、馬寮《めりよう》の官人が逢坂の関で出迎える年中行事。屏風には、駒迎えが陰暦八月中旬に行われたので「望月」（満月）も描かれていたのだろう。貫之は、そうした逢坂の関での情景を都から思いやる画中の人物の視点を設定し、「望月の明るい月光に輝く逢坂の関の「清水」には、引かれてきた馬も映っているだろう。そう言えば、馬が育てられた信濃国佐久の勅旨牧も「望月の牧」だ。連想によって美しい情景が形成されていく。凜々しい「望月の駒」は、今ごろ引かれているだろうか」と想像する。「らん」は現在推量。『古今和歌六帖』一・こまひき・一七六。公任は『和歌九品』四で「上品中」に分類し、「ほどうるはしくて余の心ある」歌と評価する。10番の題は「所」（宇治川・逢坂関）。

躬恒《みつね》（二ノ左方）凡河内躬恒

▼**和歌** 「いづくとも」（→28頁）

▼**装束**

○垂纓《すいえい》の冠で、縫腋《ほうえき》の黒地無文の袍《うえのきぬ》を着る。

○表袴《うえのはかま》の代わりに、浮線綾《ふせんりょう》の丸文のある水《み》縹《はなだ》色の指貫《さしぬき》を佩く衣冠《いかん》装束。

○袖口や盤領《まるえり》から紅の衵《あこめ》が覗く。

▼**姿態**

○右手は右膝の上に置き、左膝を立てて座る。左手に持った檜扇《ひおうぎ》の頭を左に傾ける。それにつれて、首も左に傾き、視線を左下に落とす。

○「いづくともはるのひかりはわかなくにまだみよしの丶山は雪ふる」と、我が身には春がまだ来ないことを沈淪する姿か。

伊勢《いせ》　（二ノ右方）伊勢

▼和歌「みわのやま」（↓43頁）

▼装束

○紅袴の上に、幸菱《さいわいびし》文の青色の単衣《ひとえ》。

○紅の匂いの五衣《いつつぎぬ》の上に、亀甲花菱《きっこうはなびし》文の緋色の表着《うわぎ》。

○その上に濃朽葉《こきくちば》地九重菊《ここのえぎく》文の唐衣《からぎぬ》を着る。

○裳《も》の掛帯《かけおび》を唐衣の上から肩に掛け、霰《あられ》文の白い引《ひき》腰《ごし》（裙帯《くたい》）を両側に引く。襞を入れて裾開きにされた裳は、海賦《かいぶ》文様である。

○大翳《おおかざし》と呼ばれる女房の檜扇《ひおうぎ》を開いて右手に持つ。

▼姿態

○顔の左に髪の下がり端《ば》が見え、後ろに引く裳の上に長い髪を靡かせる。檜扇の陰から覗く顔は、真っ直ぐに前を見る。仲平への訣別の表情か。

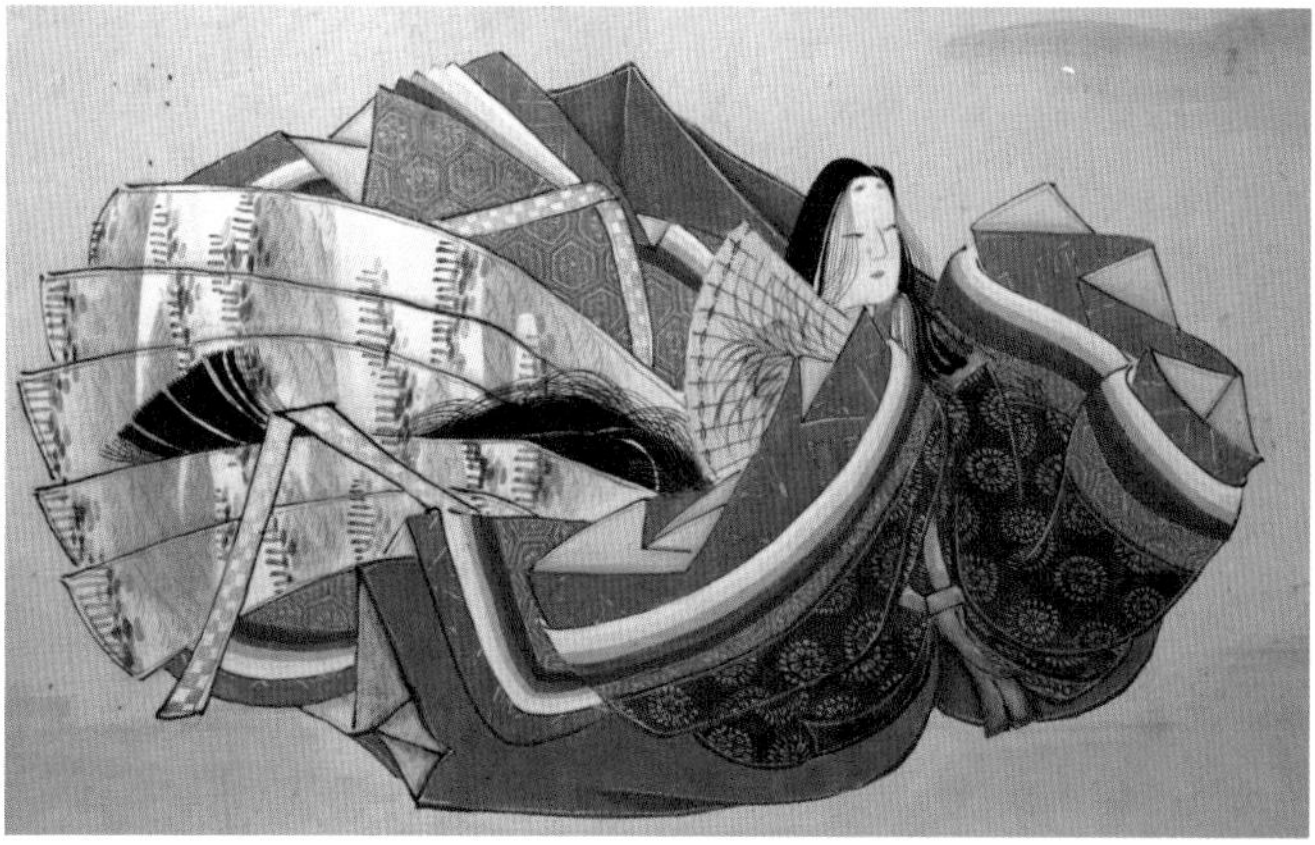

躬恒　**▼生涯**　父は凡河内諶利《のぶとし》。生没年未詳。『古今和歌集』撰者の一人。古今集には、寛平六年（八九四）甲斐少目《しょうさかん》に任ぜられて「甲斐国へまかりける時、道にて詠める」歌（羈旅・四一六）や、四年後帰京した昌泰元年（八九八）秋に催された「朱雀院の女郎花合に、詠みて、奉りける」歌（秋上・二三三、二三四）が見える。古今集の仮名序や真名序に見える延喜五年（九〇五）四月十八日における躬恒の肩書は「前甲斐少目」。その後、『古今和歌集目録』によると、延喜七年丹波権大目、同十一年和泉権掾を歴任。歌人としては、機知的な趣向によって優美な心を表現しようとする傾向が顕著で、紀貫之に劣らない高い評価を受け、大井川行幸和歌、京極御息所歌合など延喜年間（九〇一～九二三）の多くの和歌の催しに参じた。延長三年（九二五）に淡路権掾の任を終えて帰京し、世話になった兼輔（↓92頁）の粟田《あわた》邸に挨拶に訪ねた際の歌（↓48頁）以降の消息は不明で、まもなく没したと思われ、六十歳過ぎだったかと推定されている。

▼一首　歌仙絵に掲げられる一首としては、「わがやどの」（↓36頁）以外に、「**いづことも春のひかりはわかなくにまだみよしのの山は雪ふる**」（後撰集・春上・一九）や「**住の江の松を秋風吹くからにこゑうちそふるおきつ白浪**」（古今集・賀・三六〇）が多い。前者は、「御厨子所」時代、我が身の不遇を醍醐天皇に愁訴した歌。初句「いづくとも」とも。後者は、「山たかみ」（↓34頁）と同じ定国《さだくに》四十賀の屏風歌で、白砂青松の海岸が描かれた屏風絵の景色に、秋風が吹いて、長寿を祝う伴奏のような、松風と沖の白浪の「声」と動きが加わえられている。

伊勢　▼生涯　生没年未詳。『古今和歌集』時代に活躍した女流歌人。本名は不明。父は、文章生出身で、参河守・伊勢守・大和守などを歴任した藤原継蔭《つぐかげ》。伊勢という女房名は、父が伊勢守に任ぜられた仁和元年（八八五）以降、大和守に任ぜられた寛平三年（八九一）以前に出仕したために付けられたもので、おそらく仁和四年に関白太政大臣藤原基経の娘温子《よしこ》が宇多天皇の女御となった前後に出仕したのだろう。伊勢の生涯は、物語的家集である『伊勢集』によって大まかに辿ることができる。出仕した伊勢は、多くの貴公子たちの懸想を受け、なかでも温子の弟の仲平《なかひら》と兄の時平のそれは熱烈だった（↓43・47頁）。さらに宇多天皇の寵を得て、皇子まで産む。しかし、その皇子も幼くして世を去り、宇多天皇は退位し、出家する。やがて最も敬愛していた温子も崩御、その娘の均子《ひとしきこ》内親王も世を去ってしまう。伊勢の手元には、中務卿敦慶《あつよし》親王の寵を受けて儲けた娘、中務（↓203頁）が残った。『古今和歌集』には廿二首と、小野小町を抜いて女流歌人として最多の歌が採られ、『後撰和歌集』には七十首、『拾遺和歌集』には廿五首と、ともに入集した歌数は女流では一位。歌風は、恋歌では苦しみの中にあって乱れず、自照的であり、かつ強靭な自己統制がある。歌合歌や屏風歌では洗練された修辞力を見せ、語彙が豊かで、漢詩文の素養も窺われる。四季歌では『古今和歌集』の「はるがすみたつを見すててゆくかりは花なきさとにすみやならへる」（春上・三一）など春歌に秀歌が多い。

▼一首　歌仙絵に掲げられる一首は、ほぼ「三輪の山」（↓43頁）に限られる。

躬恒1

春立つときつるからに　春日山きえあへぬ雪の花と見ゆらむ

立春だと聞いただけで、春日山では消え残る雪が花のように見えるのだろう。

『後撰和歌集』春・二に詞書「はる立つ日よめる」として入集。「からに」は、原因がきわめて軽いにもかかわらず結果の重いことを示す。あるいは、さして重くない原因によって、ある結果がただちに生ずることを示す。初句・第二句は、前者で解すると、立春だと聞いた、ただそれだけの原因で。後者で解すると、立春だと聞くや否や、もう。歌末の原因推量の「らむ」と呼応する。『古今和歌集』の「こころざしふかく染めてしをりければ消えあへぬ雪の花と見ゆらむ」(春上・七、よみ人しらず)と同想で、下の句は同じ。「…あえず」は、…しきれない。「と」は比喩の格助詞。それで消え残っている雪が花のように見えるのだろう、の意。第三句、二荒山本や片仮名本では「吉野山」。雪深いイメージの吉野山でさえも、立春だから雪が花と見えるということになる。書陵部蔵御所本(五一〇・一二)『躬恒集』二五七の詞書は「春立つ日」で、第三句は「かすがやま」。公任の秀歌撰『金玉集』春の巻頭歌も「春日山」の本文である。

伊勢1

青柳の枝にかかれる春雨は　いともてぬける玉かとぞ見る

青柳の枝に降りかかっている春雨は、糸でもって貫かれた真珠かと見ることだ。

延喜十三年三月十三日に催された『亭子院歌合』の巻頭歌。是則詠「あさみどりそめてみだれるあをやぎのいとをばはるのかぜやよるらむ」と合わされ、「これもかれもよしとて、ぢ」という宇多法皇の勅判が下る。「青柳」は、春に芽吹いた青々とした枝垂れ柳。「る」は存続。「春」には「張る」（芽がふくらむ）が響く。柳の枝を「糸」に見立てるのは常套表現。その「糸」が貫く春雨の水滴のさまを「玉」（真珠）のようだと詠む。「浅緑糸よりかけて白露を玉にもぬける春の柳か」（古今集・春上・二七、遍昭）という類歌もある。『古今和歌六帖』六・やなぎには、第三句を「しらつゆを」とする「貫之」詠（四一五九）と、「春さめを」とする「伊勢」詠（四一六五）とが併存する。第三句も作者も揺れが見られたが、公任の秀歌撰『三十人撰』三一以降、「春雨は」「伊勢」で安定し、『和漢朗詠集』八六は「雨」の項目に採る。定家も晩年に評価し、『新勅撰和歌集』春上・二三に「伊勢」詠として採る。1番の題は「はじめの春」。

躬恒2

香をとめて誰をらざらむ梅花　あやなしかすみたちなかくしそ

梅の花を隠しても香を求めて皆が折るのだから、無駄なことだ。霞よ立って隠してくれるな。

『拾遺和歌集』春・一六に詞書「斎院御屏風に」として入集。『拾遺抄』春・一五。書陵部蔵御所本（五一〇・一二）『躬恒集』一三二の詞書は「延喜十五年（九一五）故斎院屏風歌」。西本願寺本『貫之集』四四詞書に「延喜十五年閏二月廿五日に、春、斎院御屏風歌、依勅奉之」。「斎院」は恭子《たかこ》内親王。『日本紀略』によると同年十一月八日薨去。「誰…ざらむ」は、反語。皆…するにちがいない。「梅花」は第二句と結句の両方に係る。「あやなし」は、梅花の姿は隠せても香は隠せない、姿を隠しても無意味だ。躬恒には、類想の「春の夜の闇はあやなし梅花色こそ見えね香やはかくるる」（古今集・春上・四一）もある。公任は、秀歌撰『金玉集』六では「春の夜の」を採用したが、『深窓秘抄』七になると「香をとめて」に変更する。どういう心理が働いたのか。理屈が全面に出た「春の夜の」歌より、自然な優しい感情を好むようになったか。『和漢朗詠集』には、春夜・二八に「春の夜の」、梅・九五に「香をとめて」と両方を採る。

伊勢2

千とせふる松といへども　うゑて見る人ぞかぞへてしるべかりける

たとえ千歳経る松でも、松を植えて見る人がいてこそ歳を数えて知ることができるのですね。

西本願寺本『伊勢集』一八四の詞書は「八条大将四十賀、権中納言のし給ふ、子日松いへにうゑたるところ」。『公卿補任』承平六年（九三六）条に「八条大将」と号す藤原保忠《やすただ》が四十七歳で卒去したことが見え、保忠が四十歳だったのは延長七年（九二九）と知られる。当時、中納言で左衛門督を兼ねていた。「権中納言」は天慶六年（九四三）三十八歳で卒去した敦忠（↓102頁）。延長七年当時は、左兵衛佐で廿四歳。時平の一男と三男の兄弟である。伊勢は、親交のあった敦忠から「四十賀」のための屏風歌を求められ、子の日の松を家に植えている屏風の図柄に合わせ、松の寿命にちなみ千歳の長寿を祝う歌を詠進した。『古今和歌六帖』四・いはひ・二八九では、第二句「まつといふとも」。「雖」の訓読。公任が『三十人撰』三七に採って注目されたが、その後、和歌だけが伝わっていたらしく、『続後撰和歌集』賀・三五三には「月次の屏風のゑを歌によみ侍りけるに」という詞書の元輔詠として入集している。2番の題は「梅・松」。

躬恒3

山たかみ雲井に見ゆるさくら花　心の行きてをらぬ日ぞなき

山が高いので雲居に見える桜花を、心がそこまで行って折らぬ日がないことだ。

『古今和歌集』賀・三五八に詞書「内侍のかみの、右大将ふぢはらの朝臣の四十賀しける時」として入集。作者表記は、定家本にはないが、筋切・元永本・伝公任筆本・基俊本・雅俗山荘本・建久二年俊成本には「みつね」とある。「延喜五年（九〇五）二月」（西本願寺本『躬恒集』四）の「右大将定国四十賀屏風」（『定家八代抄』賀・六一九）のために詠まれた屏風歌。「内侍のかみ（尚侍）」は、藤原定国の同母妹である満子《みつこ》。兄の四十賀を祝う妹の気持ちを、躬恒が代弁する。屏風の図柄は、富士図によくあるような「山の頂のみ、霞のうへにあらはれて」「立離れて見えたるなるべし」（香川景樹『古今集正義』）。初句は、第二句のみならず、第四句にも係る。「心の行きて」は、山は高いので「身」は桜花を折りに登って行けないが、「心」は毎日出かけて花を賞美していることだ、という意と、心が晴々として、満足して、の意を掛ける。『継色紙集』一二、『深窓秘抄』一六、『三十人撰』二三では結句が「折らぬ日はなし」。

伊勢3

春ごとに花の鏡となる水は　ちりかかるをやくもるといふらん

春毎に花の鏡となる水は、花が散りかかるのを塵かかる鏡と同様に曇るというのであろうか。

『古今和歌集』春上・四四に詞書「水のほとりに、梅花さけりけるをよめる　伊勢」、初句「年をへて」として入集。下の句に見える「ちり」の掛詞（散り・塵）によって浮かび上がる「塵かかる」「曇る」という「鏡」の文脈からは「年を経て」も可。ただし、初句は第四句に係ることになる。『古今和歌六帖』六・四〇四九の初句もこれに従うが、「花」に部類したため、この歌の「花」が梅なのか、桜なのか、解釈が分かれるようになった。西本願寺本『伊勢集』九七の詞書は「京極院に、亭子みかどおはしまして、花の宴せさせたまふに、まゐれとおほせらるれば、みにまゐれり、いけに花ちれり」とある。また「花の」「散りかかる」「水」という文脈に繋がる初句として「としごとに」を採用する。さらに公任は『三十人撰』三二に採る際、「はるごとに」と改変。その後また迷いが生じたか、『和漢朗詠集』水・五一九では「としごとに」とし、作者も「中務」（→203頁）とする。「らん」は原因推量。3番の題は山水の「花」。

躬恒4

わがやどの花見がてらにくる人は　ちりなむのちぞこひしかるべき

我が宿の花見がてらに訪ねて来る人を、花が散ってしまった後に私は恋しく思うにちがいない。

『古今和歌集』春上・六七に入集。詞書は「さくらの花のさけりけるを、見にまうできたりける人に、よみて、おくりける」。「まうで来」は、勅撰集故の用語。「来」に同じ。西本願寺本『躬恒集』の初句は「わがやどに」。第三句に係ることになる。書陵部蔵御所本（五一〇・一二）や『古今和歌六帖』六・花・四〇四二をはじめ、公任撰の『新撰髄脳』八、『金玉集』一六、『深窓秘抄』二〇、『前十五番歌合』二、『三十人撰』二四、『和漢朗詠集』花・一二四など、すべて「我が宿の」。「～がてら」は、動詞の連用形または体言に付き、～するついでに、の意。我が家の花を見るついでに訪ねて来る人は、の意。花が散ればもう訪ねて来ないにちがいないとの皮肉がこもる。「散りなむ後」の「な」は強調、「む」は仮定。もし、すっかり散ってしまったら、その後。「恋しかるべき」は、そんな薄情な人でも訪ねて来なくなれば私はきっと恋しく思うだろう。「は」は「をば」の省略。「人」が「我が宿の花」を恋しく思うとする説（竹岡）もある。

伊勢4

ちりちらずきかまほしきを　ふるさとの花見てかへる人もあはなむ

散ったかまだ散らないか聞きたいので、旧都の花を見て帰ってくる人が現れてほしいものだ。

『拾遺和歌集』春・四九に詞書「斎院屏風に、山みちゆく人ある所」として入集。「斎院屏風」の「斎院」は、恭子内親王（↓32頁）か。屏風の図柄は、人が山路を行く情景。画中の人物を、山路の先にある「ふるさと」の花がもう散ってしまったか、まだ散らずに咲いているか心配しながら山路を急いでいる人と見る。その人物の立場で、「ふるさとの花」を見て帰ってくる人に出会いたい、と感情移入して詠む。『拾遺抄』春・三〇の結句は「人もあらなむ」。「なむ」は、他に対する願望。現れてほしい、の意。「ふるさとの花」の状況を教えてほしい、という含意。「逢ふ」を使うなら「逢はばや」とありたい。「ふるさと」は、旧都、奈良の都。平安京から初瀬詣のルートを辿り、奈良坂を越える辺りか。西本願寺本『伊勢集』九五の詞書は「御屏風歌、山に花みにいそぎゆくところ」。『古今和歌六帖』二・一三〇二は「ふるさと」に部類。公任の秀歌撰『金玉集』一九、『深窓秘抄』二四、『前十五番歌合』四など。4番の題は「花見」。

躬恒5

今日のみと春をおもはぬ時だにも　立つ事やすき花のかげかは

今日のみと春を思わない時でさえも、立ち去ることが簡単な花の蔭ではないのに……。

『古今和歌集』春下の巻軸歌。詞書は「亭子院の歌合のはるのはてのうた」。亭子院歌合は、延喜十三年（九一三）三月十三日に催した歌合（→17頁）で、古今集の成立を考える上で無視できない。「だに」は、でさえ、の意の類推の副助詞。「花のかげ」は、花の咲いている木の下かげ。普段でも、美しい花のもとは、花に心惹かれて立ち去りがたいものなのに、今日で春が終わると思うと、いっそう花のもとは立ち去りがたく、いつまでも花を眺めていたい気持ちになる。公任の秀歌撰『深窓秘抄』二七、『和漢朗詠集』三月尽・五六が採る。なお、西本願寺本『躬恒集』三八二では、第四句が「たつことかたき」とある。「かたき」は「やすき」の対義語で、単純な誤写とは考えられない。歌末の「かは」を、反語ではなく、詠嘆で解したのであろう。西本願寺本『躬恒集』には「今日暮れて明日とだになき春なれば立たまく惜しき花のかげかな」三八八という歌もあり、躬恒は、様々な形の同想歌を準備していたらしい。

伊勢5

いづくまで春はいぬらん　くれはててあかれしほどはよるになりにき

何処まで春は行ったただろう。すっかり暮れて別れたのは昨夜のことになってしまった。

西本願寺本『伊勢集』一一五の詞書は「四月一日、みやにて」、初句は「いづこまで」、第四句は「わかれしほどは」。行く春を擬人化し、今日は四月一日、昨夜別れた春は、今頃どこまで行っただろうか、という。『古今和歌六帖』一・六九は「はじめのなつ」に部類する。公任『三十人撰』三五の初句は「いづかたへ」。『和漢朗詠集』の「三月尽」に収められた白居易の漢詩に「留春春不住、春帰人寂寞」（五〇）や「惆悵春帰留不得」（五二）（→11頁）などと見える漢詩文的発想に基づいて詠まれた「をしめどもとどまらなくに春霞かへる道にしたちぬとおもへば」（古今集・春下・一三〇、もとかた）の延長線上にあるような歌で、行く春を惜しみ、できれば留めたかったのに、旅立ってしまった春の行方を思うのである。『伊勢集』一一六には「かへし、衛門命ぶ」として「くれはててはるのわかれのちかければいくらのほどもゆかじとぞおもふ」という返歌も見え、女房間での贈答歌だったことが知られる。5番の題は「はての春」。

躬恒6

郭公夜深き声は　月まつといもねであかす人ぞききける

ホトトギスの夜深い声は、月の出を待って眠りもしないで夜を明かす人が聞いたのだったよ。

西本願寺本『躬恒集』一四九は「延喜十五年（九一五）二月廿三日、おほせによりて、たてまつる御屏風のうた」とし、第四句「おきていもねぬ」（起きたまま眠りもしない）の本文。「月待つと」の「と」は、動機や理由などを表す格助詞。月の出を待とうと思って。「月待ちて」の接続助詞「て」と大差ない。「いも寝で」は、眠りもしないで。「い」を、係助詞「も」が受ける場合は、下接する動詞「寝（ぬ）」には否定の意が加わることが多い。十四歳の斎院恭子内親王（↓32頁）の裳着ための屏風歌らしい。屏風には夜更かしする女性が描かれていたのだろう。ホトトギスの夜更けに鳴く声は、月の出を待つために起きていて眠らない人が耳にしたことだ。御所本（五一〇・一二）『伊勢集』四九七や正保歌仙家集本『伊勢集』三四一にも同歌が見える。同じ折に伊勢も屏風歌を献上していたため、躬恒の作を伊勢の作と誤ったか。『古今和歌六帖』六・ほととぎす・四四四九には作者「みつね」とある。6番の題は「郭公」。

伊勢6

ふたこゑときくとはなしに郭公　夜深くめをもさましつるかな

二声と聞くことがないのにホトトギスのせいで、夜深い頃また目を醒ましてしまったことだ。

『後撰和歌集』夏・一七二に入集。詞書は「夏の夜、しばし物がたりしてかへりにける人のもとに、又のあしたつかはしける」。これによると、しばらく言葉を交わして帰ってしまった男のもとに、男をホトトギスに喩えて、暁にもならない夜深い頃に早くも帰ってしまったと怨む歌。ところが、『拾遺和歌集』夏・一〇五に再録され、詞書は「おなじ（天暦）御時の御屏風に」とされる。短い夏の夜に起きて、夜更けに上空をぼんやり眺める女が描かれている屏風に合わせ、その画中の人物の立場で、ホトトギスの声をもう一度聞きたくて、夜深い頃また目を覚ましてしまったよ、と詠んだ歌となる。一方、『伊勢集』一一九の詞書は「よふけてほとゝぎすをきくに」で、夜が更けてホトトギスの声を聞いたので、という伊勢自身の体験に基づく歌となる。いずれにせよ、ホトトギスは同じ所で二声は鳴かない鳥。なのに名残が尽きず、まるで薄情な男を待つように、もう一声聞きたくて待ってしまったよ、というのである。

躬恒7

立ちとまり見てをわたらむ　もみぢばは雨とふるとも水はまさらじ

立ち止まり見てゆっくり渡ろう。紅葉は雨のように降っても川が増水することはあるまい。

『古今和歌集』秋下・三〇五に入集。詞書は「亭子院の御屛風のゑに、河わたらむとする人の、もみぢのちる木のもとに、むまをひかへてたてるを、よませたまひければ、つかうまつりける」。屛風絵の図柄は、河を渡ろうとする人が、紅葉の散る木のもとで、馬を牽いて立っている場面。躬恒は、画中の「河わたらむとする人」の立場に立って、その視点から、立ち止まり、紅葉の美しさをよく見て、それから渡ろう。もみじ葉は、たとえ雨のように降ったとしても川が増水することはないだろうから、と詠む。「を」は間投助詞。「雨と」の「と」は、比喩の格助詞。筋切や元永本古今集は初句「たちわたり」。西本願寺本『躬恒集』は初句「うちわたり」、第三句「もみぢばの」。公任が『九品和歌』七に撰び、「中品上」に分類して「心詞とどこほらずして、おもしろき」歌と評価し、初句は「たちとまり」で安定する。7番の題は「羈旅」か。躬恒は旅の途上の（龍田）川の紅葉、伊勢は男と訣別する大和への旅を詠む。

伊勢7

三輪の山いかにまち見む　年ふともたづぬる人もあらじとおもへば

三輪山で待つこともはやないでしょう。年が経っても訪ねてくる人もあるまいと思うので。

『古今和歌集』恋五・七八〇に入集。詞書は「仲平朝臣あひしりて侍りけるを、かれ方になりにければ、ちちがやまとのかみに侍りけるもとへまかるとて、よみてつかはしける」。『伊勢集』三の詞書によると、大和守藤原継蔭女である伊勢は、宇多天皇皇后である藤原基経女温子のもとで宮仕えし、温子の異母弟である若い藤原仲平に求婚され、結婚する。しかし、年が経って仲平は「人のむこになりにければ、いまはとはじとおもひて、ありしやまとに、しばしあらむとおもひて、かくいひやりける」歌とある。「三輪の山」は、「わがいほはみわの山もとこひしくはとぶらひきませすぎたてるかど」（古今集・雑下・九八二）を踏まえ、恋しければ訪ねて来てくださいと言って待つ「我が庵」のある場所をいう。「いかに」は通常は疑問の副詞だが、結論がわかっている場合は、反語を表す。私は三輪山の麓へ転居しますが、そこであなたを待ち、あなたと逢うことは、もはやないでしょう、の意。大和国への転居を決意し、仲平と訣別する歌。

躬恒8

心あてにをらばやをらむ　はつしものおきまどはせるしらぎくのはな

よく注意して折ればうまく折れるだろうか。初霜が置いて見分けがつかない白菊の花を。

『古今和歌集』秋下・二七七に入集。詞書は「しらぎくの花をよめる」。定家が『百人一首』に採り、人口に膾炙する。「心あてに」は、従来、当て推量で、憶測で、と解され、「をらむ」に係るとみられてきたが、よく注意して、慎重に、と解し、「をらばや」に係ると徳原茂実『百人一首の研究』（和泉書院）が説き、島津忠夫『新版百人一首』（角川ソフィア文庫）も支持する。慎重に折れば、うまく折れるだろうか。初霜が置いて、その白さのために見分けがつかなくなり、どちらが菊で、どちらか霜か、見る者を惑わせている白菊の花を。貫之撰『新撰和歌』一〇〇や、公任撰『金玉集』三二、『深窓秘抄』五五、『和漢朗詠集』菊・二七三などにも見え、高く評価されてきた歌である。『源氏物語』にも「心あてにそれかかれかなど、とふなかに」（帚木・三七）と引き歌され、「心あてにそれかとぞみるしら露のひかりそへたる夕顔の花」（夕顔・一〇四）と本歌取りされている。『源氏物語』の用例も、慎重に吟味する、の意に解すべきか。

伊勢8

うつろはむことだにをしき秋はぎに　をれぬばかりもおけるつゆかな

色あせるだけでも惜しい秋萩に、いまにも折れそうなくらいにも置いている露だよ。

西本願寺本『伊勢集』九六に、「ちりちらず」（↓37頁）と同じ折の「御屏風歌」として収める。その「御屏風」を、公任から花山院への奏覧本とされる書陵部本『拾遺抄』秋・一二二は「斎院御屏風」とし、『拾遺和歌集』秋・一八三は「亭子院御屏風」とする。一方、本文にも揺れがある。貫之撰『新撰和歌』二六が結句を「置ける白露」として採り、書陵部本・抄は、第二句「ことだにをしき」の「こと」に「いろ」と傍記し、下の句を「玉と見るまで置ける白露」とする。貞和本・抄は第四句を「折れるばかりも」として「る」に「ヌイ」と傍記。この「ばかり」は、限定ではなく程度の用法と考えられるので、完了・存続の助動詞「り」の連体形「る」より、異本の完了・強意の助動詞「ぬ」の終止形が妥当。具世本・集は「折れぬばかりに」。定家本・集の第三句は「秋萩を」とし逆接のニュアンス。公任の秀歌撰『深窓秘抄』四〇、『和漢朗詠集』萩・二八四にも。色あせ、折れそうな萩への愛着。8番の題は「秋花」。

躬恒9

わがこひはゆくへもしらずはてもなし　あふをかぎりとおもふばかりぞ

我が恋は行方も知らず果てもない。あなたに逢うことをひたすら願うばかりだ。

『古今和歌集』恋二・六一一に「題しらず」として入集。書陵部蔵御所本（五一〇・一二）『躬恒集』の詞書は「女に」。「行方へも知らず果てもなし」は、将来の見通しも立たず、際限も無い。自分の恋が今後どうなるか分からないし、終焉に向かう兆しもない。ただ、あなたに逢うことを「限り」と思うばかりだ。この「限り」を、片桐洋一『古今和歌集全評釈』は「最終目標」とする。明快だが、恋の心情としてはやや軽い。「我が恋の極限」とでも言い換えるべきだろう。「思う人に逢うことさえできれば、そこで終息するかと思ってみるばかりだ」と訳す奥村恆哉・新潮日本古典集成が近い。『古今和歌六帖』四・一九七二では「こひ」の冒頭に置かれ、公任が秀歌撰『金玉集』四二、『深窓秘抄』六三、『和漢朗詠集』恋・七八七に採り、高く評価した。『源氏物語』にも「あふをかぎりに、へだゝりゆかんも」（須磨・三九五）と引き歌される。源氏にとって須磨下向は「行方も知らず果てもなし」だったのである。9番の題は「恋」。

伊勢9

人しれずたえなましかばわびつつも　なきなぞとだにいふべきものを

人知れず関係が絶えるのなら辛いけれど、初めから関係など無かったとだけでも言えるのに。

西本願寺本『伊勢集』一五五の詞書は「ひとのつらくなるころ」。男が冷淡になり、恋の終わる頃の詠歌。世間の人に知られず結ばれて、またこっそりと絶えてしまうのであれば、辛くても、せめて、あらぬ噂を立てられて困っています、とだけでも言ってごまかせるけれど、これだけ露わに世間の噂になってしまうと、もうどうしようもない、というのである。実際、宮仕えしながら、男との関係を人に知られず続けることなど、不可能なことだった。『古今和歌集』恋五・八一〇に「題しらず」、結句「いはましものを」で入集。『新撰和歌』二七四、『古今和歌六帖』五・人にしらるる・二六八一、『金玉集』四三も。公任は、『深窓秘抄』六四、『三十人撰』三九になると、反実仮想の「まし」よりも、『伊勢集』の本文である可能の「べし」を選択する。なお『新撰和歌』『古今和歌六帖』の第二句は「やみなましかば」。『今昔物語集』巻二四ノ四七、『大鏡』仲平伝、『古本説話集』二九は、恋の相手を仲平（↓43頁）とする。

躬恒10

ひきうゑし人はむべこそおいにけれ　まつのこだかくなりにけるかな

引いて植えた人はなるほど老いてしまったわけだ。松がこんなに小高くなったのだから。

『後撰和歌集』雑一・一一〇七に詞書「あはぢのまつりごと人の任はてて、のぼりまうできてのころ、兼輔朝臣のあはたの家にて　みつね」として入集。初句は「ひきてうゑし」。「まつりのごと人」は三等官の和訓（和名抄）。躬恒は、淡路掾の任を終え、上京。兼輔の粟田山荘で歌を詠んだ。「引き植ゑし人」（かつて子の日の小松を野から引き抜き、邸内に植えた人）は、躬恒が自分自身を客観化していったものだろう。藤岡忠美は、躬恒が淡路掾の任期を終えた年を延長三年（九二五）として「おそらく六十歳ほどであったと思われ」「その一、二年後のうちに躬恒は亡くなったのではあるまいか」（『躬恒集注釈』解説）と推定する。「兼輔朝臣なくなりてのち、土左のくによりまかりのぼりて、かのあはたの家にて　つらゆき／ひきうゑしふたばの松は有りながら君がちとせのなきぞ悲しき」（後撰集・哀傷・一四一一）という貫之詠もある。躬恒と貫之が臣従した兼輔は、承平三年（九三三）五十七歳で薨去、貫之はその二年後、土佐から帰京する。

伊勢10

なにはなるながらのはしもつくるなり　いまはわが身をなににたとへむ

難波にある長柄の橋も新しく造るという。今後は年老いた我が身を何に喩えようか。

『古今和歌集』誹諧・一〇五一に「題しらず」で入集。「世中にふりぬる物はつのくにのながらのはしと我となりけり」（古今集・雑上・八九〇、よみ人しらず）を踏まえる。「も」は「さえも」の意。人生の盛りを過ぎた人間の嘆き。西本願寺本『伊勢集』一五三は初句を「つのくにの」とし、詞書「ながらのはしつくるをききて」。それによると「なり」が伝聞であることも確認できる。『古今和歌六帖』三・一六一四の部類は「はし」。公任の歌論『新撰髄脳』二によると、伊勢が娘の中務に歌の手本として「かくよむべし」と示したという秀歌。『金玉集』七六では初句「つのくにの」を採る。古今集仮名序には「今は、ふじの山も煙たたずなり、ながらのはしもつくるなりときく」云々とある。「つくる」を「尽くる」と解する説が中世では優勢だった。しかし、「尽くる」は連体形で、続く「なり」は断定になってしまう上に、橋が破損することを「尽くる」といった用例もない。ここは「新造」の意。10番の題は「嘆老」。

家持《やかもち》（三ノ左方）中納言家持

▼和歌　「春の野に」（↓58頁）

▼装束

○垂纓《すいえい》の冠を被り、黒地藤襷《ふじだすき》中七曜《しちよう》文の袍《うえのきぬ》を着る。

○窠《か》に霰《あられ》文の表袴《うえのはかま》を佩き、浮線綾《ふせんりょう》の丸文がある下襲《したがさね》の裾《しり》を引く束帯姿。

○足首から赤大口《あかのおおぐち》が見え、襪《しとうず》を佩く。

▼姿態

○「春の野にあさるきゞすのつまごひ」の声が聞こえたのか、顔は左後方を振り返る。

○鳴き声によって「おのがありかを人に」知らせて、恋に身を滅ぼす雉子に、人の姿を重ねる。

○右手は、笏を持つか、かざすか、が多いが、この絵では省略されている。

赤人《あかひと》（三ノ右方）山辺赤人

▼**和歌**　「和哥の浦に」（↓59頁）

▼**装束**

○萎烏帽子《なええぼし》に、濃朽葉《こきくちば》地秋草《あきくさ》文の狩衣《かりぎぬ》姿。

○狩衣の袖括《そでくくり》は、白の左右縒《そうより》で、赤人が地下《ぢげ》であることを示す（雁衣抄）。

○麻製の白い狩袴《かりばかま》を佩く（満佐須計装束抄）。

○狩衣の裾は狩袴の外へ出し、六位以下の料である白の当帯《あておび》で腰を結ぶ（雁衣抄）。

▼**姿態**

○畏まって端座し、前を見据える。

○視線の先には「和哥の浦」の「あしべをさしてたづなきわたる」光景が広がるか。聖武天皇紀伊国行幸に扈従した折の姿。

家持　▼生涯　父は大伴旅人《たびと》。『公卿補任』宝亀十二年（七八一）六十四歳、『大伴系図』（群書類従）に延暦四年（七八五）六十八歳没と見え、それに従うと、養老二年（七一八）生まれ。天平十八年（七四六）越中守に廿九歳で任ぜられ、三十四歳まで北国の厳しい自然に包まれた異郷で暮らす。「春の苑紅にほふ桃の花」（万葉集・巻十九・四一三九）と詠んだのは越中赴任四年目の天平勝宝二年（七五〇）三月一日であった。美しい北国の春だった。帰京した翌年、東大寺盧舎那大仏開眼供養が行われたが、時代は藤原氏専横へ。大伴氏も衰退傾向にあった。都になじめぬ家持は、憂愁の思いを同五年（七五三）二月「春の野に霞たなびきうら悲し」（巻十九・四二九〇）「情悲しもひとりしおもへば」（同・四二九二）と詠む。後半生は歌を残さず、中納言兼陸奥按察使として多賀城で没した。

▼一首　歌仙絵に掲げられる一首は、「さ男鹿の」（↓56頁）や「春の野に」（↓58頁）が多いが、『俊成三十六人歌合』所収の中納言家持詠「**まきもくの檜ばらもいまだくもらねば小松がはらにあわ雪ぞふる**」（一三）の場合もある。巻向の檜原もまだ曇らないのに、小松の生えたこの原には淡雪が降っている。原歌は、『万葉集』の柿本人麻呂集所収の冬の雑歌（巻十・二三一四）で、下の句は「子松之末由《こまつがうれゆ》　沫雪流《あわゆきながる》」とある。これが異伝し、『家持集』の「こまつがさきにあわゆきぞふる」（二四二）なども生まれた。『新古今和歌集』に入集する（春上・二〇、中納言家持）が、「檜原も」から「檜原の」へ、冬の「沫雪《あわ》」から春の「淡雪《あは》」へ変容する。

赤人　**▼生涯**　山部宿祢。生没年未詳。佐竹本は「五位也」とするが、官職・位階も不明。『万葉集』によって詠作時期が判明するのは神亀元年（七二四）から天平八年（七三六）までで、この時期に活躍期間の中心があったと考えられる。聖武天皇の吉野・難波・紀伊行幸に従ったり、東国や四国にも赴いていて、作品の多くは従駕や旅の途上において詠まれ、正史に名が見えないことから下級官人であったと推定される。長歌十三首、短歌三十七首を残す。『古今和歌集』仮名序には人麿と併記され、非常に高い評価が与えられたが、現在では、赤人の長歌は、均整美が評価されるものの、人麿に比べると躍動感に乏しいとされ、家持らがいう「山柿」が人麿と赤人を指すとすることに否定的な意見もある。むしろ、清澄な気韻と繊細な感覚が認められる短歌の評価が高い。例えば神亀二年（七二五）の吉野行幸の際の作。長歌は天皇讃頌のための平凡なものだが、その反歌二首の二首目「ぬばたまの夜のふけゆけば久木生ふる清き河原にちどりしば鳴く」（万葉集・巻六・九二五）などは、漆黒の夜の空気に沁みとおる千鳥の声を通して古代の旅の孤独がとらえられ、清澄な吉野の自然から作者の詩的な息づかいが聞こえてくるようだ。「田子の浦ゆうち出でて見れば真白にそ富士の高嶺に雪は降りける」（巻三・三一八）もよく知られ、『新古今和歌集』（冬・六七五）に初句「田子の浦に」、第三句「しろたへの」で入集し、定家が『百人一首』に採り、人口に膾炙される。

▼一首　歌仙絵に掲げられる一首は、ほぼ「わかのうらに」（↓59頁）に限られる。

家持1

あらたまのとしゆきがへる春たたば　まづわがやどにうぐひすはなけ

年があらたまって立春になったら、まず私の屋敷でウグイスよ鳴け。

『万葉集』巻廿・四四九〇に「安良多末能《あらたまの》　等之由伎我敝理《としゆきがへり》　波流多多婆《はるたたば》　末豆和我夜度尓《まづわがやどに》　宇具比須波奈家《うぐひすはなけ》」と見える。第二句は「としゆきがへり」である。「る（留）」は「り（利）」の誤写か。詞書によると、天平宝字元年（七五七）十二月十八日、大監物《だいけんもつ》三形王《みかたのおほきみ》の宅《いへ》でおこなわれた宴での歌。「あらたまの」は年を導く枕詞。「あらたまの年行きがへり」は、「荒璞能　登之由吉我敝利」（巻十七・三九七八）「安良多末乃　等之由吉我敝理」（巻十八・四一一六）などと見え、古い年があらたまって新しい年が来て、の意。「が」はいずれも濁音仮名「我」で表記され、往復する意の「行きかへ（帰）る」と区別する。新春を待つ心に、時代の閉塞感の払拭と我が身の不遇の終焉を願う気持ちを重ねているらしい。同年六月廿三日にも、同所で宴があり、家持は「移りゆく時見るごとに心痛く昔の人し思ほゆるかも」（巻廿・四四八三）と詠んでいる。前年聖武が没し、同年諸兄《もろえ》が去り、時代の大きな転換期であった。1番の題は「はじめの春」。

赤人1

あすからはわかなつまむとしめしのに　昨日もけふもゆきはふりつつ

明日からは若菜を摘もうと標を結っておいた野に、昨日も今日も雪は降り続くよ。

『万葉集』巻八・一四二七に「春の雑歌／山部宿祢赤人歌四首」の一首として「従明日者《あすよりは》　春菜《はるな》将採跡《つまむと》　標之野尓《しめしのに》　昨日毛今日毛《きのふもけふも》　雪波布利管《ゆきはぶりつつ》」とあるのが原歌。西本願寺本の訓では「春菜」は「わかな」。早春に若菜を摘み、邪気を除くために食す。初句「明日からは」に本文異同がある。「春立たば」とするのが『赤人集』二、『古今和歌六帖』一・わかな・四三、『和漢朗詠集』若菜・三六。一方、「春立てば」とするのが貫之撰『新撰和歌』二三。「春の雑歌」に従えば、春になったので若菜を摘もうと思って、と読むべきで、「春立たば」では冬歌となってしまう。第四句「昨日も今日も」に合わせて、やはり「明日」を用いる『万葉歌』『三十六人撰』の本文が相応しい。「しめ」は、標《しめ》を張って自分の占有であることを示し、他人の立ち入りをとめる意の下二段動詞「し（標・占）む」の連用形。「し」は過去。「つつ」は、詠嘆のこもる継続。『俊成三十六人歌合』一六が採り、『新古今和歌集』春上・一一に「山辺赤人」として入集する。

家持2

さをしかのあさたつをのの秋はぎに　たまとみるまでおけるしらつゆ

男鹿が朝に立つ小野の秋萩に、玉かと見えるまで美しく置いている白露よ。

「さ」は接頭語。『万葉集』巻八・一五九八に「棹壮鹿之《さをしかの》　朝立野辺乃《あさたつのへの》　秋芽子尓《あきはぎに》　玉跡見左右《たまとみるまで》　置有白露《おけるしらつゆ》」と見える。第二句は「小野」ではなく「野辺」である。貫之撰『新撰和歌』六〇、公任撰『三十人撰』四八、『和漢朗詠集』露・三四〇などは皆「小野」とし、『新古今和歌集』秋上・三三四に入集する段階で『万葉集』に従って「野辺」とされた。「露」は男鹿の涙を暗示。左注によると、天平十五年（七四三）秋八月に「物色《ぶっしょく》」を見ての作という。「物色」は、『文選』に「風賦」「秋興賦」「雪賦」「月賦」を一括した標題として用いられている漢語で、「別賦」には「秋露如珠」という比喩も見える。家持1に引用した「移りゆく」と並ぶ巻廿・四四八四歌を、その左注で「物色変化」を悲しんで作った歌とする。「変化」は、巻五に見える憶良の詞によると「仮合即離、易去難留」に相当する仏教語。後の『源氏物語』御法での紫上の絶唱「ともすれば風に乱るる萩の上露」に繋がる。2番の題は「取り合わせ」（萩に露・梅に雪）。

赤人2

わがせこにみせむとおもひしむめのはな　それともみえずゆきのふれれば

あなたに見せようと思った梅の花は、梅の花とも見えない雪が降っているので。

原歌は『万葉集』巻八・一四二六の「吾勢子《わがせこ》尓《に》　令見常《みせむと》念《おもひし》之　梅花《うめのはな》　其十方不所見《それともみえず》　雪乃零《ゆきのふれ》有者《れば》」。赤人1と同じ「赤人歌四首」の一首。『後撰和歌集』春上・二二には「よみ人しらず」で入集。『古今和歌六帖』一・ゆき・七三九、『金玉集』七、『深窓秘抄』九、『和漢朗詠集』梅・九四は「赤人」。「わがせこ」は、女性が夫や恋人を呼ぶのに使うことが多いが、男性が歌に使うこともある。男同士の友人や兄弟間で使う場合（巻三・二四七）、女性から依頼されて代作する場合（巻四・五四三）、女性の立場から詠む場合（巻八・一五三五）など。梅原猛は、赤人が「女の立場で歌った」とし「女は、男に梅を見に家に来ませんか、誘ったのであろうか。もちろん、ある種の期待をこめて——。ところが、その日はあいにくの雪。女は「あれ、あそこに、たしかに梅があるんですが」と、その方向を指さすが、一面の雪で男の目には何も見えない。男は、そういう女を心からいとしいと思う」と読み解く（『さまよえる歌集』一四二頁）。

家持3

春ののにあさるきぎすのつまごひに　おのがありかを人にしれつつ

春の野に餌を漁る雉が妻を恋しく慕って鳴く声で、自分の居場所を人に知らせているよ。

『万葉集』巻八・一四四六の「大伴宿祢家持春雉歌一首／春野尓《はるのに》　安佐留《あさる》雉乃《きぎしの》　妻恋尓《つまごひに》　己我《おのが》当乎《あたりを》　人尓《ひとに》令知《しれ》管《つつ》」が原歌。「宿祢《すくね》」は、八色《やくさ》の姓《かばね》の第三位。真人《まひと》・朝臣《あそみ》に次ぐ。「雉」は、記紀万葉では「さ野つ鳥岐芸斯《キギシ》は響《とよ》む」（古事記上・歌謡）「吉芸志」（巻十四・三三七五）などと見え、「きぎし」と呼ばれていたらしい。『和名抄』には「雉岐々須《キぎす》、一云、岐之《キじ》」とあり、中古で「きぎす」と変化する。鎌倉初期の訓点をもつ西本願寺本『万葉集』も「きぎす」。『赤人集』一一六へ混入するが、『拾遺和歌集』春・二一に家持詠として入集。公任撰『金玉集』一八。『深窓秘抄』二二。『古今和歌集』には「春の野のしげき草ばのつまごひにとびたつきじのほろろとぞなく」（誹諧・一〇三三、平貞文）と「きじ」も見え、『古今和歌六帖』にも「きじ」が立項されている。雉は、春の繁殖期になると「キンキーン」と鋭い声で鳴く。下二段活用「知る」は、知られる、または、知らせる、の意。恋のために身を滅ぼす生き物の「あはれ」。

赤人3

わかのうらにしほみちくればかたをなみ　あしべをさしてたづなきわたる

和歌浦に潮が満ちてくると干潟がないので、葦辺をめざして鶴の群れが鳴き渡る。

神亀元年（七二四）冬十月五日、聖武天皇の紀伊国行幸があり、その時に「山部宿祢赤人」が作った長歌と反歌二首が『万葉集』に見え、そのうちに一首が「若浦尓《わかのうらに》　塩満来者《しほみちくれば》　潟乎《かたを》無美《なみ》　葦辺《あしへ》乎《を》指天《さして》　多頭《たづ》鳴渡《なきわたる》」（巻六・九一九）。『続日本紀』によると、五日に出発し、八日に「玉津嶋頓宮」到着、十日余り留まり、赤人の長歌に「沖つ嶋　清き渚に　風吹けば　白浪騒ぎ　潮干《ふ》れば　玉藻苅りつつ　神代より　然《しか》ぞ尊き　玉津嶋山」（同・九一七）とある通り、風光明媚な和歌浦を讃え、「弱浜《わかのうら》の名を改めて明光浦《あかのうら》と為す」「玉津嶋の神、明光浦の霊《みたま》を奠祭《でんさい》せよ」との詔を発している。「弱」は「若」に同じ。やがて和歌浦という地名の縁で、和歌の神として衣通姫《そとほりひめ》が祭神とされ、和歌浦や玉津島は歌枕として定着する。同歌は、『古今和歌集』仮名序の割注に記され、また、公任の秀歌撰『前十五番歌合』三〇では人麿6「ほのぼのと」と番えられていることからも、赤人の代表歌と考えられていたことが知られる。3番の題は「鳥」。

業平《なりひら》（四ノ左方）在原業平朝臣

▼**和歌**　「世の中に」（↓64頁）

▼**装束**

○巻纓《けんえい》の冠を被り、左右に緌《おいかけ》を付け、矢の入った平胡籙《ひらやなぐい》を背負い、左手に弓を持つ武官の姿。

○縹《はなだ》色の入子菱《いれこびし》文の闕腋《けってき》の袍《うえのきぬ》に、紫色の八藤《やつふじ》の丸文の指貫《さしぬき》を佩き、袍の下から半臂《はんぴ》の襴《らん》が見える。

○袖口や盤領《まるえり》から紅の衵《あこめ》が覗く。

▼**姿態**

○『伊勢物語』第八十二段の「酒を飲みつつ」を踏まえて、土器で酒を飲むところであろうか。右手は口の前にある。「世の中にたえて桜のなかりせばはるの心はのどけからまし」と、業平の視線の先には、満開の桜があるか。

遍昭《へんじょう》（四ノ右方）僧正遍昭

▼和歌　「たらちねは」（↓69頁）

▼装束

○僧綱襟《そうごうえり》の木蘭色《もくらんじき》の袍を着て、緋甲の七条の袈裟《けさ》を左肩に掛け、右の腋下《わき》に回らす。

○白の無文の指貫を佩き、念珠を左手に持つ。

▼姿態

○首を左に回した全くの横顔が描かれる。

○「たらちねはかかれとてしもうばたまのわがくろかみをなでずやありけむ」と過去を回想し、母ははたして自分の出家を願っていただろうかと母の思いを顧みる。

○遍昭の頭髪や顎鬚は、未だ綺麗に剃られてはいない。

業平　▼生涯　『日本三代実録』元慶四年（八八〇）五月廿八日条に「従四位上行右近衛権中将兼美濃権守在原朝臣業平」卒去の記事があり、短い卒伝がある。卒去時、年五十六。それによると、天長二年（八二五）生。業平は、阿保親王（平城天皇皇子）五男で、正三位行中納言行平の弟。母は伊都内親王（桓武天皇皇女）。天長三年（八二六）二歳の時に阿保親王の上表により兄とともに臣籍に下り、在原氏となった。在原氏の五男であるところから在五中将と呼ばれた。「体貌閑麗、放縦不拘、略無才学、善作倭歌」と評される。文徳天皇第一皇子の惟喬《これたか》親王（↓64頁）の母は紀静子で、その兄の有常の女が業平の妻。文徳天皇第四皇子の惟仁親王（母が藤原良房女明子）が清和天皇として皇位を継承する。清和天皇の貞観年間、業平は「右馬頭」だった。『伊勢物語』は、業平とおぼしき「昔男」が初冠してから亡くなるまでの恋愛遍歴が語られる歌物語。第六十九段には、狩の使として伊勢に下った男と、清和天皇即位の翌年、貞観元年（八五九）から、退位の貞観十八年までの伊勢の斎宮をつとめた恬子《やすこ》内親王（惟喬同母妹）との恋が語られている。

▼一首　歌仙絵に掲げられる一首としては、「世中に」（↓64頁）以外に、やはり『伊勢物語』第四段や『古今和歌集』恋五の巻頭歌として有名な「**月やあらぬ春や昔の春ならぬわが身ひとつはもとの身にして**」（七四七）がある。「五条の后の宮の西の対に住みける人」が「む月の十日あまりに」他へ身を隠し、「又の年の春、梅の花盛りに、月のおもしろかりける夜、去年を恋ひて、かの西の対に行きて、月のかたぶくまで、あばらなる板敷にふせりて」詠んだ歌。

遍昭　▼生涯　興福寺本『僧綱補任』寛平二年（八九〇）条に「僧正　遍照〈正月十九日入滅、七十五〉」とあり、逆算すると、生まれは弘仁七年（八一六）。同巻一裏書には「嘉祥三年（八五〇）三月廿八日出家。元従五位下左近少将良峯宗貞《むねさだ》也。以去廿一日仁明天皇崩御。依先皇寵臣、帰仏報恩」「大納言良峯安世第八子」とあり、出家時は三十五歳だった（↓遍昭1・3）。貞観十一年（八六九）五十四歳で「天台宗」の「慈覚大師（円仁）弟子」として「法眼」の位を授けられ、僧綱の一員となる。僧綱の最高位「僧正」となるのは仁和元年（八八五）七十歳の時。同年十二月十八日、仁寿殿で七十賀を賜る（三代実録）。在俗の頃から和歌をよくし、古今集以下の勅撰集に三十六首入集。古今集の仮名序では、六歌仙の一人として「歌のさまは得たれども、まこと少なし。たとへば絵にかける女を見て、いたづらに心を動かすがごとし」と評される。『大和物語』第百六十八段には遍昭に関する逸話が見え、なかでも出家時の、ほだしを断ち切る良少将の辛さや最愛の妻子の悲しみがドラマチックに語られている。

▼一首　歌仙絵に掲げられる一首は、「末の露」（↓65頁）「たらちねは」（↓69頁）の他、『後撰和歌集』に入集する「**いその神ふるの山べの桜花うゑけむ時をしる人ぞなき**」（春中・四九、遍昭）の場合もある。詞書は「やまとのふるの山をまかるとて」。奈良県天理市にある石上神宮を「布留の山」と称すか。広域地名「いそのかみ」は、「布留」も含み、その枕詞として用いられる。「布留」に「古る」を掛ける。遍昭の母（古今集・二四八詞書）が近くに住んでいた。

業平1

世中にたえてさくらのなかりせば　春の心はのどけからまし

世の中にまったく桜がなかったら、春を過ごす私の心はのどかだろうに。

『伊勢物語』第八十二段は、昔、惟喬親王という人物がいたことを語り、毎年の桜の花盛りには、水無瀬の離宮に出かけ、「狩はねんごろにもせで、酒をのみ飲みつつ、やまと歌にかかれりけり」という。「今、狩する交野の渚の家、その院の桜、ことにおもしろし」といい、馬から下りて桜のもとに座り、「枝を折りてかざしに挿して」扈従した者たちが歌を詠む。そのうちの一人「右馬頭」が詠んだ歌として紹介される。同歌は、『古今和歌集』春上・五三に「なぎさの院にて桜を見てよめる　在原業平朝臣」として入集。貫之撰『新撰和歌』も採り、『土佐日記』では淀川を遡り帰京する場面で「船曳き上るに、渚の院といふ所を見つつ行く」「故惟喬親王の御供に、故在原業平の中将の」「歌詠める所なりけり」として引用する。ただし、第三句は「さかざらば」。公任も多くの秀歌撰に採り、俊成もまた同場面を踏まえて「又や見む交野のみ野の桜狩り花の雪散る春のあけぼの」（新古今・春下・一一四）という名歌を残す。

遍昭1

すゑのつゆもとのしづくや　世中のおくれさきだつためしなるらむ

葉末に留まる露と草木の根元に落ちる雫は、無常な世の中の人が後れ先立つ例であろうか。

『遍昭集』の中間部は、『大和物語』百六十八段等の影響を受け、物語的、一代記的に構成されるが、その詞書によると、「蔵人の頭」として仕えていた仁明天皇崩御の悲しみのなか、突然に、家族にも知らせず「比叡にのぼりて」出家した年に詠んだ歌とされる。直接の詞書は「世のはかなさの思ひ知られはべりしかば」。『新古今和歌集』哀傷の巻頭歌として入集（七五七）。新古今撰集時に撰者たちは、同歌が古今集に入集していないことを不思議がったという（京極中納言相語）。『古今和歌六帖』一・しづく・五九三には作者表記がないので、『遍昭集』の撰者がよみ人しらずを遍昭詠として利用した可能性もある。公任は『深窓秘抄』八五、『三十人撰』四一、『和漢朗詠集』無常・七九八（良僧正）に採り、紫式部は『源氏物語』に葵・柏木・御法・椎本・宿木で引歌し、家持2に挙げた紫上の絶唱への源氏の返歌「ややもせば消えをあらそふ露の世におくれさきだつほどへずもがな」も同歌を踏まえる。1番の題は「世の中」。

業平2

たのめつつあはでとしふる　いつはりにこりぬ心を人はしらなむ

期待させながら逢わないで歳が経つ、そんな偽りに懲りない私の心をあなたは知ってほしい。

「いつはり」というからには、相手からは「そのうちに逢いましょう」などと心にもない思わせぶりな口約束が何度もあったのだろう。それを信じて期待してその時を待っているのに、逢瀬の機会がないまま歳月だけは過ぎてゆく。そんな相手の薄情な態度に懲りず、今も逢いたいと思う健気な心。それを相手に知ってほしいと訴える。『古今和歌集』恋二・六一四に「題しらずみつね」として入集する歌。躬恒詠がどうして業平詠とされるに至ったか。同歌は、『伊勢集』に「としをへて物いひたる人の」という詞書で見え（一一三）、伊勢の返歌「夏むしのしるしるまどふおもひをばこりぬあはれとたれかみざらん」（一一四）と共に収められている。「年を経て物言ひたる人」とは、伊勢に求愛していた仲平（↓43頁）で、仲平は伊勢に恋情を訴えるのに、躬恒詠を利用したと考えられる。この贈答歌は『後撰和歌集』恋五・九六七、九六八に入集するが、その際「なか（可）ひら」を「なり（利）ひら」と誤写したらしい。

遍昭2

わがやどはみちもなきまであれにけり　つれなき人をまつとせしまに

我が家の庭はついに道もないほどまで荒れてしまったよ。つれない人を待つ間に。

『古今和歌集』恋五・七七〇に「題しらず　僧正へんぜう」として入集。片桐・全評釈は「遍昭の作としては平凡に過ぎる」と切り捨てるが、公任は秀歌撰『三十人撰』四三に採り、『和漢朗詠集』閑居・六二三（良僧正）にも入れている。どういう点を公任は評価したのであろうか。坂口和子「『三十六人撰』における公任の選歌意識」（『貫之から公任へ』二〇〇一年・和泉書院）は「『古今集』の遍昭歌十七首の中では一番地味な歌」であることを認め、荒れた宿などの「公任の好んだテーマを詠じたもの」で、「華やかなあるいは洒脱な」「古今集的な遍昭の個性は全く除かれて」「誰しもが共感できる普遍的」で「平明なもの」が選ばれていると指摘する。「やど」は家のまわりの庭。「みち」は訪ねてくる人が通る、庭の道。「まで」は程度の極限を示す。「あれにけり」の「に」は状態の発生、「けり」は発見の詠嘆。『古今和歌六帖』二・みち・一〇九二の結句は「こふとせしまに」。2番の題は「待つ女」。

業平3

いまぞしるくるしき物と　人またむさとをばかれずとふべかりける

今はじめて知ったことだ、苦しいものと。女が待っている里を途絶えず訪ねるべきだったよ。

『伊勢物語』第四十八段によると、送別の宴をしようと思って待っているのに、当人が来ないので詠んだ歌という。待たされる身になって初めて、待つことの苦しさを知った。こんなことなら女を待たせず、訪ねていくべきだったと反省しているという冗談。『古今和歌集』雑下・九六九に入集。詞書は「紀のとしさだが阿波のすけにまかりける時に、むまのはなむけせむとて、けふといひおくれりける時に、ここかしこにまかりありきて、夜ふくるまで見えざりければ、つかはしける　なりひらの朝臣」とある。紀利貞が阿波介に任ぜられたのは、『古今和歌集目録』によると、業平が没した翌年の元慶五年（八八一）で、業平が利貞の送別の宴を催すことはありえない。片桐洋一『古今和歌集全評釈』は「『古今集』が用いた『伊勢物語』が享受者のために「紀利貞」という人名を注として加えていたと考えるほかない」と指摘する。『古今和歌六帖』二・一二九〇は「さと」に部類。「べかりける」の「る」は「り」の誤写。

遍昭3

たらちねはかかれとてしも　うばたまのわがくろかみをなでずやありけむ

母はほんとうに「かくあれ」と願って、私の黒髪を撫でたわけではなかっただろうに。

『後撰和歌集』雑三・一二四〇に入集。詞書は「はじめてかしらおろし侍りける時、ものにかきつけ侍りける　遍昭」。初句「たらちめは」。母の枕詞だった「たらちねの」が古今集時代から親を指す「たらちね」という語となり、やがて母を指す「たらちめ」（うつほ・四九四が初例か）、父を指す「たらちを」（貫之集・八五九が初例という）に分化するが、「たらちね」が無難か。第三句「むばたまの」。『遍昭集』では、遍昭1に挙げた場面に組み込まれ、「比叡にのぼりて、かしらおろしはべりて、おもひはべりしも、さすがに、おやなどのことは、心にやかかりはべりけん」とある。初句「たらちねは」。剃髪して出家するのは仏の弟子となることであるから、仮の世界である俗界との縁を切ることになる。すなわち、親子関係は解消されてしまう。母の期待に背く辛さ。公任は、秀歌撰『三十人撰』四二に採り、『和漢朗詠集』僧・六一〇にも入れる。『無名抄』は「とてしも」と強調した後の第三句の枕詞を評価する。3番の題は「人の思ひ」。

素性《そせい》（五ノ左方）素性法師

▼和歌　「みわたせば」（↓78頁）

▼装束

○僧綱襟《そうごうえり》の白袍に首を埋めて裳《も》を前に靡かせ、白い指貫《さしぬき》を佩く。

○皀《くり》色の七条の平袈裟《ひらけさ》を左肩から掛け、右腋の下から背中へ回らせ、左腕を半分被う。

▼姿態

○脚の上に置かれた両手のうち、数珠を持つ左手は袖の中で見えず、右手は袖口から指が覗く。

○「見渡す」ように高所から視線を下方に向ける先には、平安京に植えられた「柳」と「桜」が織物のように「こきまぜて」見え、「都ぞ春の錦なりける」と合点するさまか。

友則《とものり》（五ノ右方）紀友則

▼**和歌**　「秋風に」（↓79頁）

▼**装束**

○公卿に擬定し、垂纓《すいえい》の冠を被り、黒袍を着て下襲《したがさね》の裾《しり》を引く束帯姿。

○霰《あられ》文の表袴《うえのはかま》の足首からは赤大口《あかのおおぐち》が見え、襪《しとうず》を佩く。

○左の袖口や盤領《まるえり》から紅の衵《あこめ》が覗く。

▼**姿態**

○左方に向かい、笏《しゃく》を前に置き、目を瞑って両手を合わせる。

○「秋風に初雁がねぞ聞こゆなる」と耳を澄ませるさま。誰の手紙を届けに来たのだろうと、雁信の発信元を想像するか。

素性　▼**生涯**　生没年未詳。僧正遍昭の在俗時の二男。兄は雲林院別当由性《ゆせい》。寛平八年（八九六）閏正月六日、宇多天皇の行幸を共に迎えた（扶桑略記）。由性は少僧都となって延喜十五年（九一五）七十四歳で入滅する（興福寺本僧綱補任）ので承和九年（八四二）生まれ。父の出家が嘉祥三年（八五〇）三月廿八日（↓63頁）なので、素性誕生は、承和十二年（八四五）頃か。延喜九年（九〇九）十月二日、醍醐天皇の御前で御屏風に和歌を書いた（古今和歌集目録所引御記）ことが記録に残る活躍の最後で、間もなく没したか。雲林院や大和石上の良因院に住し、宇多上皇の信任が厚く、昌泰元年（八九八）十月の宮滝御幸に召され、和歌を献じた。『古今和歌集』に三十六首、勅撰和歌集に六十首入集。『貫之集』には「そせいうせぬとききて、みつねがもとにおくる」（七七二詞書）と素性の死を悼む貫之と躬恒の贈答が見える。六歌仙時代と撰者時代とを繋ぐ歌人と位置付けられる。

▼**一首**　歌仙絵に掲げられる一首としては、「今来むと」（↓74頁）、「見渡せば」（↓78頁）の他、『古今和歌集』に入集する「**おとにのみきくの白露よるはおきてひるは思ひにあへずけぬべし**」（恋一・四七〇、素性法師）の場合もある。「きく」は「聞く」と「菊」、「おき」は「置き」と「起き」、「思ひ」の「ひ」と「陽」の掛詞。あなたのことを噂で聞くだけで恋しくて、夜も寝られず、昼は恋の思いに堪えきれず、もう死にそうだと、「露」の縁語「消ゆ」を用いて、未だ見ぬ人に対する恋の切なさを詠む。

友則　▼**生涯**　生年未詳。父は、貫之の父望行の弟紀有友（朋）。貫之の従兄弟。父有友は、元慶四年（八八〇）卒（尊卑分脈）するが、『古今和歌集』哀傷・八五四に「これたかのみこの、ちちの侍りけむ時によめりけむうたどもと、こひければ、かきておくりけるおくに、よみてかけりける　とものり／ことならば事のはさへもきえななむ見れば涙のたぎまさりけり」と見え、父有友も歌人と認められていたこと、惟喬親王の母が紀名虎女静子で惟喬親王とも交流のあったことが知られる。友則は、延喜四年正月廿五日、大内記に任ぜられ、古今集撰者の一人となったが、撰集中に死去し、集中に「きのとものりが身まかりにける時よめる」（八三八詞書）として貫之と忠岑の哀傷歌が見える。古今集への入集する歌数は、貫之百一首、躬恒五十八首に次ぎ、四十六首。勅撰和歌集に計六十五首が入集。

▼**和歌**　歌仙絵に掲げられる一首としては、「夕されば佐保の河原の」（→75頁）、「秋風に」（→79頁）の他、『古今和歌集』に入集する「**ゆふされば蛍よりけにもゆれどもひかり見ねばや人のつれなき**」（恋二・五六二、紀とものり）の場合もある。男女が逢う時間帯である夕方になると、私の恋の思いは募り、蛍の光以上に「思ひ」の「火」は激しく燃えるけれども、残念なことに、その光は見えないからか、あの人は気づいてくれず私に無関心なことだ。「けに」はいっそう、それ以上に、の意。「蛍に寄せる恋」を詠んだ歌としては、同じ古今集に「明けたてば蝉のをりはへなき暮らし夜は蛍の燃えこそわたれ」（恋一・五四三）という詠み人しらずもある。

素性1

いまこむといひしばかりに　なが月のありあけの月をまちでつるかな

すぐに行くよと貴方が言ったばかりに、長月の有明の月が出るまで待ってしまったことだ。

『古今和歌集』恋四・六九一に「題しらず」として入集。結句「まちいでつるかな」。父の詠んだ遍昭2「わがやどは」と同様、女の立場で詠む。「長月」は旧暦九月。晩秋の夜長の季節。男から「今来む」という言葉があったのは宵のことで、それを信じて男の来訪を待った女が、宵から暁まで長い夜を寝ずに過ごし、とうとう有明の月が出てしまったという「一夜」の嘆きを詠んだとする説に対して、この歌を『百人一首』（二一）に採った定家は『顕注密勘』に「今こむといひし人を月来《ごろ》まつ程に、秋もくれ月さへ在明になりぬとぞ、よみ侍けん」と「月ごろ」の嘆きを読みとる。遍昭・素性詠を踏まえ、藤原良経は『六百番歌合』七六九に「旧恋」という題で「すゑまでといひしばかりにあさぢはら宿もわが名もくちやはてなん」（いつまでも忘れないよと貴方が言ったばかりに私はずっと待ち続け、家も浅茅原と荒れ果て朽ちてしまうだろう）と詠み、相手を待ち続けているうちに歳をとってしまった浅茅が宿に住む女を造型する。

友則1

ゆふされば　さほのかはらのかはぎりに　ともまどはせるちどりなくなり

夕方になると佐保の河原の川霧に紛れて、仲間にはぐれてしまった千鳥が鳴くのが聞こえる。

公任の花山院奏覧本とされる書陵部本『拾遺抄』冬・一四三には初句を「冬さむみ」として「題不知　貫之」で見える。しかし、奏覧後の公任改訂本である流布本『拾遺抄』では初句「ゆふされば」、作者「友則」となっていて、公任の秀歌撰『金玉集』三四、『深窓秘抄』四八、『前十五番歌合』一三、『三十人撰』六八もこれに従う。花山院手沢本とされる定家本『拾遺和歌集』冬・二三八にも同じ本文で「題しらず　紀とものり」として入集。混乱は、貫之の秀歌撰『新撰和歌』冬・一四〇に第二句「さほの川瀬の」として作者を記さず収めたことに起因するか。『古今和歌六帖』六・千どり・四四五五の初句は「秋くれば」で作者表記がない。佐保は大和国の歌枕。「川霧」「千鳥」が景物。「友まどはせる千鳥」は、仲間にはぐれてしまった千鳥。『後撰和歌集』には「声たててなきぞしぬべき秋ぎりに友まどはせるしかにはあらねど」（秋下・三七二、紀友則）も入集。「なり」は聴覚による推定。1番の題は「秋冬の夜」。

素性2

みてのみや人にかたらむ　山ざくらてごとにをりていへづとにせむ

我々が見て人に語るだけでよいだろうか。山桜を各々の手で折って家へのみやげにしよう。

「手ごとに」とあるので一人旅ではない。「のみ」は限定。「や」は反語。「む」は適当。土産話にするだけでは足りないというのである。『古今和歌集』春上・五五に詞書「山のさくらを見てよめる」として入集。第三句「さくら花」。詞書で山桜と知られるので、第三句が「さくら花」でもよいが、一首のみで完結するなら「山ざくら」とありたい。『素性集』八をはじめ、貫之撰『新撰和歌』四七、公任撰『深窓秘抄』一八、『和漢朗詠集』花・一二五などみな「山ざくら」とする。一方、『古今和歌六帖』には五・つと・三四七〇と六・さくら・四一九九の両方に採られるが、古今集からの引用らしく、共に「桜花」。ただし、古今集でも筋切や雅俗山荘本では「やまざくら」。元永本の「やまさくく」は「やまざくら」の誤写。旅で美しいものを発見した際、そのまま家への土産として持ち帰りたいと詠むのは『万葉集』以来の発想。「伊勢海之《いせのうみの》　奥津《おきつ》白《しら》浪《なみ》　花尓《はなに》欲得《もが》　褁《つつみて》而妹之《いもが》　家褁為《いへづとにせむ》」（巻三・三〇六、安貴王）など。

友則2

ゆきふれば木ごとにはなぞさきにける　いづれをむめとわきてをらまし

雪が降ると木毎に花が咲いたことだ。どれを本当の白梅と判別して折ればよいのやら。

『古今和歌集』冬・三三七に詞書「ゆきのふりけるを見てよめる」として入集。雪が木の枝に降り積もったのを見て、花が咲いたみたいだと詠嘆する。『友則集』には詞書「早春」（七）で収めるが、それは「梅」に引かれた結果で、実際の季節は未だ冬で「梅」の花はどの枝にも咲いてはいまい。「まし」は、実現不可能な未来を推量する助動詞で、「梅」を折ることなどできないことを前提に、ためらいの意志を表す。春を待つ心で雪を白梅に見立てる。この歌の眼目は、この木にもあの木にもすべてにの意の「木ごとに」に、「木毎に」の漢字を連想させて「梅に」を暗示する点にある。漢詩の離合詩をまねた趣向である。『古今和歌集』秋下の巻頭歌「吹くからに秋の草木のしをるればむべ山かぜをあらしといふらむ」（二四九、文屋やすひで）が「山」と「風」を合わせて「嵐」というのと同じである。貫之撰『新撰和歌』冬・一三八、公任撰『和漢朗詠集』雪・三八三にも収める。2番の題は「手ごと・木ごと」。

素性3

みわたせばやなぎさくらをこきまぜて　みやこぞ春のにしきなりける

見渡すと柳と桜をとり混ぜて、都こそ春の錦であったよ。

『古今和歌集』春上・五六に詞書「花ざかりに京を見やりてよめる」として入集。初句「見渡せば」と合わせ、京を遠望しての詠歌と知られる。花山元慶寺周辺の東山あるいは雲林院周辺の北山の小高い場所から眺めたのであろうか。平安京は、素性の曾祖父桓武天皇が築いた都。遷都から一世紀を経た花盛りの都を見やる素性の視線の彼方に、平安京造都という曾祖父の偉業が見えていたかもしれぬ。『万葉集』巻三・三二八の「青丹吉《あをによし》　寧楽乃京師者《ならのみやこは》　咲花乃《さくはなの》　薫　如《にほふがごとく》　今《いま》盛有《さかりなり》」（小野老）の歌境に近い。春に芽吹いた「柳」と満開の「桜」とを「こきまぜて」「春の錦」というべきものは、この平安京そのものだという。「柳は緑、花は紅」という漢詩文的世界が背景にある。秋の紅葉の錦に対する「春の錦」の発見が眼目。貫之も『新撰和歌』五一に、公任も『和漢朗詠集』眺望・六三〇に収める。良経は「みわたせばまつにもみぢをこきまぜて山こそ秋のにしきなりけれ」（秋篠月清集・九二八）と本歌取りする。3番の題は「春・秋」。

友則3

秋風にはつかりがねぞきこゆなる　たがたまづさをかけてきつらむ

秋風に今年初めて北から渡って来た雁の声が聞こえる。誰の手紙を届けに来たのだろう。

『古今和歌集』秋上・二〇七に詞書「これさだのみこの家の歌合のうた」として入集。公任撰『三十人撰』七〇や『和漢朗詠集』雁・三二四にも。『寛平御時后宮歌合』七八は第三句「響くなる」。『古今和歌六帖』一・八月・一六七は第三句「ひびくなる」。『新撰万葉集』九一は第二・三句「鳴く雁がねぞ響くなる」。「かりがね」の「かね」（鐘）の縁語で「響く」とした本文らしいが、「聞こゆ」が自然か。この歌の眼目は、『漢書』蘇武伝に見える雁信の故事を踏まえる点にある。胡国に捕らわれた蘇武が雁の脚に手紙を付けて本国へ健在を伝えたという話に依拠し、北から渡って来た雁は誰の手紙を届けに来たのかという。「たまづさ」は、手紙の雅語。「かけて」は、脚にかけて。『後拾遺和歌集』の「寛和元年八月十日内裏歌合によめる／わぎもこがかけてまつらんたまづさをかきつらねたるはつかりのこゑ」（秋上・二七四、藤原長能）は、この歌を本歌取りしたもの。こちらの「かけて」は、心に。

猿丸《さるまる》（六ノ左方）猿丸大夫

▼**和歌**「おく山に」（↓88頁）

▼**装束**

○萎烏帽子《なええぼし》を被り、右手をかざす。

○裏白で、窠《か》文を散らした木賊《とくさ》色の狩衣《かりぎぬ》に着て、青袴《あおばかま》（襖袴）を佩く。

＊『宇治拾遺物語』一四に「びんひげに白髪まじりたるが、とくさの狩衣に青袴きたるが」などと見える。

▼**姿態**

○口髭・頬髯・顎鬚に加え、眉毛も長い老人の姿。

○右手をかざして視線をやる向こうには、「奥山に紅葉ふみ分けなく鹿」の姿があり、その声を聞きながら悲秋を感じているさまか。

小町《こまち》（六ノ右方）小野小町

▼和歌　「色みえで」（↓89頁）

▼装束

○紅袴を佩き、三重《みえ》襷《だすき》文の萌黄《もえぎ》の単衣《ひとえ》の上に、紅の匂いの五衣《いつつぎぬ》を着る。

○紅地青亀甲《きっこう》丸繋中唐花《からはな》文の表着《うわぎ》の上に、白地桜川《さくらがわ》文の唐衣《からぎぬ》を、襟を折り返して金青霰《あられ》文の裏地を見せ、脱ぎ垂れるように着用する。

○小町の背後に流れ広がる裳《も》も、唐衣と同じ桜川文様で描かれている。

▼姿態

○顔は俯き加減で、左右の髪の下がり端《ば》が垂れている。

○半ば開いた檜扇を左手に下げて持ち、その扇面を眺め「世の中の人の心の花」の移ろいを思う姿か。

猿丸　**▼生涯**　生没年・伝未詳。『古今和歌集』真名序に「大友黒主之歌、古猿丸大夫之次也」と見えるのが初見。「小野小町之歌、古衣通姫之流也」と対句で、「衣通姫《そとほりひめ》」と同様「古《いにしへ》ノ」という修飾語が付く。『日本書紀』允恭紀「容姿《かほ》絶妙《すぐ》レテ比《ならび》無シ。其ノ艶《うるは》シキ色ハ衣《そ》ヲ徹《とほ》シテ晃《て》レリ。是《ここ》ヲ以テ、時人《ときのひと》号《なづ》ケテ衣通郎姫《そとほしのいらつめ》ト曰《まう》ス」と見える「衣通姫」と対峙する古代の伝承上の人物として名前が挙がっている。真名序には「先師柿本大夫」とあり、それを受けて、片桐洋一『古今和歌集全評釈』（上・三〇三頁）は「その人丸の「人」に対抗して、おどけて「猿」と名のった人があったのではないか」という。続く真名序の「頗ル逸興有リテ体甚ダ鄙シ」という記述と合わせ、信ずべき文献として絶対的な権威をもつ『古今和歌集』の真名序が大きな役割を果たし、『万葉集』の異伝歌や『古今和歌集』のよみ人しらず詠で構成された『猿丸集』が成立する。家集『猿丸集』に実作と考えられる作品はない。しかし、公任は、伝説化された「猿丸大夫」を実在の歌人として認め、『三十六人撰』の一人に加えることになる。『古今和歌集目録』は「大友黒主」を「猿丸大夫ノ第三子ト云々」とし、或人云ハク、猿丸大夫ハ、弓削王ノ異名ト云々」とするのも、真名序の影響である。

▼一首　歌仙絵に掲げられる一首としては、「をちこちの」（↓84頁）か、「おくやまの（に）」（↓88頁）かのいずれか。

小町 **▼生涯** 生没年未詳。小野氏であること以外、出自も未詳。『古今和歌集』には安倍清行（五五六、七）・小野貞樹（七八二、三）との贈答歌、文屋康秀《やすひで》への返歌（九三八）、『後撰和歌集』には僧正遍昭との贈答歌（一一九五、六）が見え、仁明・文徳朝の人と推定される。『古今和歌集』への入集歌数は、女性では伊勢に次ぐ十八首。そのうち十三首が恋歌で、恋二の冒頭三首（五五二〜四）と恋三の中間部の三首（六五六〜八）は夢を詠んだ連作で、撰者は小町を六歌仙の一人として特別な配慮をもって編纂したことが知られる。仮名序では「小野小町は、いにしへの衣通姫《そとほりひめ》の流なり」と、『日本書紀』に見える允恭天皇の皇后の妹で「容姿絶妙《かほすぐ》レテ比《ならび》無シ。其ノ艶《うるは》シキ色ハ衣《そ》ヲ徹《とほ》シテ晃《て》レリ」という美貌の女性で、姉への配慮と天皇の寵愛との間で苦悩する「衣通姫」の名を挙げ、「よき女のなやめる所あるに似たり」という。様々に伝説化される。

▼一首 歌仙絵に掲げられる一首としては、「色見えで」（→89頁）か、『古今和歌集』雑下・九三八に詞書「文屋康秀、三河掾になりて、県《あがた》見には、え出で立たじやと、いひやれりける返事によめる」で入集する「**わびぬれば身をうき草の根をたえて誘ふ水あらばいなむとぞ思ふ**」かのいずれか。後者は、地方へ下る康秀が、小町に別れの挨拶をしてきたのに対して、「つらい思いをして過ごしていますので、お誘いがあれば、根が絶えた浮き草のように、都を出て行こうと思うことです。いつでも出立できますよ」と、調子を合わせて返事した挨拶の歌。

猿丸1

をちこちのたつきもしらぬ山中に　おぼつかなくもよぶこどりかな

あちこちの様子を知る手段も分からない山中で、心細くも人を呼ぶように鳴く鳥であるよ。

『古今和歌集』春上・二九に「題しらず　よみ人しらず」で入集するが、『猿丸集』四九に見える。「をちこちの」は、あちこちの。『万葉集』に「遠近《をちこちの》　礒《いそ》中在《のなかなる》　白玉《しらたまを》　人不知《ひとにしらせで》　見依《みるよしもがも》　鴨」（巻七・一三〇〇）など。「たづき」は、様子を知る手段。『万葉集』の「世間之《よのなかの》　繁《しげき》借盧《かりほ》尓《に》　住住《すみすみ》而《て》　将至国之《いたらむくにの》　多附不知聞《たづきしらずも》」（巻十六・三八五〇）は、「世間の無常を厭ふ歌」で、下の句は、浄土の様子を知る手段がない、の意。『重之子僧集』に「山のうへに、笹の庵《いほ》の見ゆるに／をちこちのたづきもしらぬ山のうへにたがしめおけるささのいほぞも」（三〇）など。「よぶこどり」は、古今伝授の三鳥の一つ。鳴き声が人を呼ぶように聞こえる鳥。カッコウほか諸説あるが、未詳。『万葉集』に「神奈備《かみなびの》　伊波瀬乃社之《いはせのもりの》　喚子鳥《よぶこどり》　痛莫鳴《いたくななきそ》　吾恋益《わがこひまさる》」（巻八・一四一九、鏡王女）や「尋常《よのつねに》　聞者苦《きくはくるしき》　寸　喚子鳥《よぶこどり》　音奈都炊《こゑなつかしき》　時庭成奴《ときにはなりぬ》」（巻八・一四四七、大伴坂上郎女）など九例詠まれている。1番の題は「鳥・花」。

小町1

はなのいろはうつりにけりな　いたづらにわがみよにふるながめせしまに

花の色は空しく褪せてしまったなあ。長雨が降りこめられて無為に過ごしていた間に。

『古今和歌集』春下・一一三に「題しらず　小野小町」で入集。『小町集』冒頭歌で詞書は「花をながめて」。定家『百人一首』（九）に収める。「花の色」は、『白氏文集』巻第六十四に「貌偸花色老暫去　歌踏柳枝春暗来」などと見える漢語「花色」に拠り、花のごとき自身の容色を掛ける。「うつる」は褪せる、衰える。「に」は状態の発生、「けり」は発見、「な」は詠嘆を表す。「いたづらに」は、むなしくの意で、「うつりにけりな」と「ふる」の両方に係る。「世」は、世の中、世間の意だが、男女の関係の意を汲み取り、男女の仲にかかずらわっていたずらに物思いをしていた間に、とする解釈（島津忠夫『新版百人一首』）もある。四季歌なら「我が身世に」は、二つの掛詞「ふる」（経（古）る・降る）「ながめ」（物思い・長雨）を介し、「降る長雨」を導く序のはず。しかし、いかにも人間臭く詠まれた四季歌は、一方で自然に託して人事を詠むのが和歌の方法であるゆえに、たやすく反転する。小町伝説が生まれてゆく所以である。

猿丸2

ひぐらしのなきつるなへに日はくれぬとみしは　山のかげにざりける

蜩の鳴いたちょうどその時に日も暮れたと感じたのは、実はそこが山の蔭だったのだなあ。

『古今和歌集』秋上・二〇四に「題しらず　よみ人しらず」で入集するが、『猿丸集』二八に詞書「物へゆきけるみちに、ひぐらしのなきけるをききて」として収める。「蜩」は、晩夏から初秋にかけてカナカナと鳴く蝉。「なへに」は、ある事態と同時に、他の事態が存在・進行する意を表す。蜩が一瞬カナカナと鳴いた、その瞬間に「ヒグラシ」という名の通り日は暮れてしまう、という。「鳴きつるなへに」は、『後撰和歌集』秋下・三五九に「かりがねのなきつるなへに唐衣たつたの山はもみぢしにけり」、『拾遺和歌集』雑春・一〇四四に「鶯のなきつるなへにかすがののけふのみゆきを花とこそ見れ」などと様々に詠まれる。「とみしは」は、「と思ふは」（古今集）「とおもへば」（猿丸集）「とみえしは」（『古今和歌六帖』六・ひぐらし・四〇〇七）など。「にざりける」は、他はすべて「にぞありける」。「AはBなりけり」という謎解きの構文を係り結びで強調。日が暮れたのではなく、蜩が山陰で鳴いたのだった、と気づき、詠嘆するのである。

小町2

おもひつつぬればや人のみえつらむ　ゆめとしりせばさめざらましを

ずっと思い続けて寝たので恋人が見えたのだろうか。夢と知っていたら目覚めなかったのに。

『古今和歌集』恋二巻頭歌に「題しらず」で入集。『小町集』一六に詞書「夢に人の見えしかば」で収める。夢に人が見えたのは、人が私のことを思っていたからか、それとも私が人のことを思っていたからか。『万葉集』の「みをつくし心尽くして念《おも》ふかもこのまももとな夢にし見ゆる」（巻十二・三一六二）は、前者で、羈旅の途上、夢に妻がやたら現れるのは、妻が一心に私のことを心配してくれているからか、という。また、「おもひつつぬればかもとなぬばたまの一夜《ひとよ》もおちず夢《いめ》にし見ゆる」（巻十五・三七三八）は、後者で、やたら毎夜、夢に狭野弟上娘子《さののおとがみのをとめ》が登場するのは、配所でずっと思い続けて寝ているからか、と中臣宅守《なかとみのやかもり》は詠む。小町の歌は、上の句で、人が夢に見えた原因を「らむ」で推量する。「つつ」は継続。恋人のことが頭から離れないことを示す。宅守詠も同様。下の句からは、夢から覚めてしまった悔しさが女性らしい息づかいで伝わってくる。小町の若い頃、仁明朝の作か。2番の題は「錯覚・夢」。

猿丸3

おくやまのもみぢふみわけなくしかのこゑきく時ぞ　秋はかなしき

奥山の紅葉を踏み分け鳴く鹿の声を聞く時こそ、秋は悲しい気持ちになることだ。

『古今和歌集』秋上・二一五に詞書「これさだのみこの家の歌合のうた　よみ人しらず」で初句「おく山に」として入集するが、『猿丸集』三九に詞書「しかのなくをききて」、初句「あきやまの」、結句「物はかなしき」で収める。定家撰『百人一首』五には古今集の本文で「猿丸大夫」の一首として入る。第二句「もみぢ踏み分け」は、主語が人か鹿か両説ある。「鳴く」に係れば「鹿」、「聞く」に係れば「人」ということになる。万葉風に五七調で読めば「人」、七五調で読めば「鹿」とも言い得る。香川景樹《かげき》は『百首異見』で主語が「人」なら初句は「奥山の」でなくてはならず、「奥山に」とあるなら主語は「鹿」とみて間違いないと論じたが、格助詞「の」「に」の異同が主語を決定する根拠にはならない。『古今和歌集』秋上・二一七の「秋はぎをしがらみふせてなくしかのめには見えずておとのさやけさ」などと同様、初句・第二句は第三句の「鳴く鹿の」の修飾語とみるのが古今集時代の和歌として相応しい。悲秋の歌。

小町3

いろみえでうつろふものは　世中の人の心のはなにざりける

色が見えないで移ろうものは、世の中の人の心の花であったよ。

『古今和歌集』恋五・七九七に「題しらず」で入集。『小町集』二〇に「人の心かはりたるに」として収める。『三十人撰』九二や『三十六人撰』の本文の結句が「花にざりける」となっているのは、他の本文「花にぞ有りける」の「ぞあ」という母音連続が約まって「ざ」となったもの。「AはBなりけり」と気づいて詠嘆する形式の和歌。初句「色見えて」の「て」の清濁が古来問題にされてきた。それは、貞観・元慶期頃に完成するとされる平仮名体が清濁を書き分けない文字体系で、近代になるまで続いたことに因る。和歌の修辞法の一つ、掛詞が発達する所以でもある。初句の表記は「いろみえて」なので、まずは「て」で解するのも自然な読み方といえる。目に見えて色褪せてゆくものは花ですが、それらしい気配が感じられないうちに秘かに変わっていくのは世の中の人の心の花でした、と単純接続の「て」と打消接続の「で」の掛詞とみる（新古典文学大系）こともできよう。3番の題は「奥山・世の中」。

兼輔《かねすけ》（七ノ左方）中納言兼輔

▼和歌　「人の親の」（↓98頁）

▼装束

○垂纓《すいえい》の冠を被り、縫腋《ほうえき》の黒袍を着て、胸の前で笏《しゃく》を右手に持って左手を添える。盤領《まるえり》から紅の衵《あこめ》が覗く。

○霰《あられ》文の表袴《うえのはかま》を着し、襪《しとうず》を佩く束帯《そくたい》姿。

○浮線綾《ふせんりょう》の丸文のある下襲《したがさね》の裾《しり》を一段に畳んで引く。

▼姿態

○口髭・顎鬚を蓄えた壮年の顔で、番えられた右方の朝忠と向かい合う。

○「人の親の心は闇にあらねども子を思ふ道にまどひぬるかな」と、詠み上げる場面か。

朝忠《あさただ》（七ノ右方）中納言朝忠

▼和歌　「逢事の」（→99頁）

▼装束

○垂纓の冠を被り、縫腋の黒袍を着て、石帯《せきたい》を巻く。右手で笏をやや高く掲げる。

○窠《か》に霰《あられ》文の表袴を着し、足首からは赤大口《あかのおおぐち》が見え、襪を佩く束帯姿。

○衛府《えふ》の太刀《たち》を左腰に差して平緒《ひらお》を前に垂らす。

○浮線綾の丸文のある下襲の裾を一段に畳んで引く。

▼姿態

○口髭は普通だが、顎鬚が短く青年の顔で、番えられた左方の兼輔と向かい合う。

○笏紙を見ながら歌を詠み上げる場面か。

兼輔 ▼**生涯** 『公卿補任』承平三年（九三三）条によると、中納言従三位藤原兼輔は五十七歳で二月十八日薨去とあり、生年は元慶元年（八七七）。曾祖父冬嗣、祖父良門、父利基。母は伴氏。醍醐天皇の伯父藤原定方《さだかた》の女と結婚。定方の庇護を得て天皇に近侍。兼輔女桑子は入内して章《のり》明《あきら》親王を生んだ。紀貫之や凡河内躬恒など地下歌人と宮廷との仲介役を果たし、自身の和歌も『古今和歌集』以下の勅撰集に五十七首入集。参議となった『公卿補任』延喜廿一年条に詳しい官職が見え、延長二年（九二四）定方が右大臣になると、同五年（九二七）正月十二日には「五人ヲ超エテ」「権中納言従三位」に任ぜられている。中納言をあしかけ七年務め、「堤中納言」（大和物語）「京極中納言」（貫之集）などと称された。貫之が兼輔薨去の知らせを聞くのは土佐赴任中で、翌年の正月一日「唐衣あたらしくたつ年なれどふりにし人のなほや恋しき」（西本願寺本『貫之集』六二〇）という追悼歌を土佐から京の兼輔邸へ献じている。

▼**一首** 歌仙絵に掲げられる一首としては、「人の親の」（↓98頁）か、『後撰和歌集』夏・一六七に詞書「夏夜、ふかやぶが琴ひくをききて」で入集する「**みじか夜のふけゆくままに高砂の峰の松風ふくかとぞきく**」かのいずれか。後者は、夏夜の清原深養父の弾琴を聴いて、短い夏の夜が更けゆくにつれて、『李嶠百首』の有名な「松風入夜琴」を思い浮かべ、峰の松風が吹いているのではないかと、琴の音を聴くことだ、と詠む。「高砂の」は、「峰」にかかる枕詞。斎宮女御1「琴の音に峰の松風かよふなり」参照。

朝忠　▼生涯　『公卿補任』康保三年（九六六）条によると、中納言従三位藤原朝忠は五十七歳で十二月二日薨去のことが見える。生年は延喜十年（九一〇）ということになる。父は三条右大臣定方、母は中納言藤原山蔭女。醍醐天皇の従弟。参議に加わった『公卿補任』天暦六年（九五二）条に詳しい官職の経歴が見える。応和三年（九六三）中納言に任ぜられたが、康保二年（九六五）十一月八日右衛門督別当を「中風」に依って辞している。中納言在任はあしかけ四年。『前十五番歌合』『三十人撰』では「土御門中納言」と称されている。『後撰和歌集』恋四の「大輔がもとにまうできたりけるに、侍らざりければ、かへりて又のあしたにつかはしける　朝忠朝臣／いたづらに立帰りにし白浪のなごりに袖のひる時もなし／返し　大輔／何にかは袖のぬるらん白浪のなごり有りげも見えぬ心を」（八八四、五）という大輔との贈答をはじめ、右近・本院侍従ら女房との多彩な恋愛を伝える歌に加え、屛風歌や題詠など晴の歌にも優れ、天徳四年（九六〇）『内裏歌合』では六番中五番「勝」とされている。『後撰和歌集』以下の勅撰集に廿一首入集。没後、六十余首から成る『朝忠集』が編まれ、さらに物語化され、歌序を変えて詞書に加筆するなど改編が施され、二種の家集が伝来する。改編時期は十世紀末の、仮名物語が多く作られた時期に一致する。

▼一首　歌仙絵に掲げられる一首としては、「よろづ世の」（→95頁）か、「あふことの」（→99頁）のいずれか。

兼輔1

あをやぎのまゆにこもれるいとなれば　春のくるにぞいろまさりける

青柳は繭にこもっている糸なので、春がくるにつれて色が濃くなったことだ。

「青柳」は、春の芽吹きから新緑にかけての青々とした柳。「糸」（↓31頁）に喩えられる。「繭にこもれる」は、蚕が繭の中にこもっているように、葉がつぼんでいるさまをいい、『枕草子』にも見える（正月一日は）。「くる」は「来る」と「繰る」の掛詞で、「繭」「繰る」は糸の縁語。『兼輔集』一〇に詞書「屏風に」として収め、公任の『三十人撰』五五、『和漢朗詠集』柳・一一二（中納言兼輔）が採る。ところが、『貫之集』三七五にも「天慶二年（九三九）四月右大将殿（実頼）御屏風の歌廿首」「女、柳をみる」として、下の句「春のくるにや色まさるらん」の本文で収められている。兼輔は既に承平三年（九三三）五十七歳で没している（↓92頁）ので、貫之は、何らかの意図をもって故兼輔詠を一部を変えて使用したか。さらに『兼盛集』一九五にも、「うちの御屏風」「柳ある家」として、第四句「はるばるのみぞ」の本文で収める。「兼輔」を「兼盛」と混同し、「はるのくるにぞ」の「く」を「〱」と誤写した結果の誤伝か。

朝忠1

よろづ世のはじめとけふをいのりおきて　いまゆくすゑはかみぞしるらむ

万世の始めだと今日を祈り置いて、今帰ってゆきますが行末は神が御照覧のことでしょう。

『拾遺和歌集』賀の巻頭歌。詞書「天暦御時、斎宮くだり侍りける時の長奉送使《ちょうぶそうし》にてまかりかへらむとて」（二六三、中納言朝忠）として入集。村上天皇の治世、第六皇女楽子《よしこ》内親王が天暦九年（九五五）七月斎宮に卜定され、天徳元年（九五七）九月五日伊勢群行が行われた。朝忠は、斎宮を伊勢まで送る勅使（長奉送使）として下向した。『拾遺抄』の詞書は「…おくりつけ侍りて、かへり侍らんとするほどに、女房などさかづきさしてわかれをしみ侍りけるに」（賀・一六四）。斎宮を送り届けて、京に帰る送別の宴での詠歌だったらしい。『朝忠集』五三は詞書「…いまはかへるとて」、結句「神ぞかぞへん」。『三十人撰』五八の結句も「かみぞかぞへむ」。「よろづ世」「神ぞ知るらむ」は、『古今和歌集』の賀歌「よろづよは神ぞしるらむわがきみのため」（三五四、素性）「よろづ世をいはふ心は神ぞしるらむ」（三五七・素性）以来の歌語。神慮に委ねて間違いない、の意がこもる。1番の題は「くる」と「ゆく」。

兼輔2

ゆふづくよおぼつかなきに　たまくしげふたみのうらはあけてこそみめ

夕暮に出ている月が暗くてはっきり見えないので、二見浦は夜が明けてから見るのがよかろう。

『古今和歌集』羇旅・四一七に詞書「たじまのくにのゆへまかりける時に、ふたみのうらといふ所にとまりて、ゆふさりのかれいひたうべけるに、ともにありける人々のうたよみけるついでによめる」として、第二句「おぼつかなきを」の本文で入集。「但馬国の湯」は城崎温泉。歌枕「二見浦」は、『躬恒集』一六三の「度会／たまくしげふたみのうらにすむあまのわたらひぐさはみるめなりけり」は伊勢国、『江帥集《ごうのそち》』一六一の「下向美作間、於播磨二見浦、暁聞郭公を／たまくしげふた見のうらのほととぎすあけがたにこそなきわたるなれ」は播磨国の所在で、ここは後者。JR播但線ルートの旅か。「夕月夜」は、夕暮に出ている月。陰暦十日頃までの夕方の時刻に、空に出ている上弦の月。また、その月の出ている夜。「玉くしげ」（美しい櫛箱）は、櫛箱の蓋の意で「ふた」と同音を含む語にかかり、例えば地名「二見」などを導く枕詞となる。「あけて」は、蓋を「開けて」と夜が「明けて」の掛詞。「め」は適当。

朝忠2

くらはしの山のかひより春がすみ　としをつみてやたちわたるらむ

倉橋の山と山の間から春霞が、今年もまた五穀豊穣を祝って今ごろ一面に立っているだろうか。

天徳四年（九六〇）『内裏歌合』冒頭歌。題「霞」。実頼の判詞は「くらはしやまにとしをつむといふことよろし、又はしにわたるなどいふもさもありなん」。倉橋山は、大和国の歌枕。奈良県桜井市の多武峰の北方の倉橋付近の山。「としをつみて」は、新しい年を積み重ねて、と「とし」（五穀、特に稲）を積み上げて、とを掛けて、毎年、穀物が豊かに稔る国土という祝意を表す。名義抄「稔ミノル、トシ」。『拾遺和歌集』神楽歌に「年もよし蚕飼《こがひ》もえたりおほくにのさとたのもしくおもほゆるかな」（六一四、かねもり）など。「積む」は「倉」の縁語。「渡る」は、空間の広がりを示す補助動詞で、「橋」の縁語。倉橋山に思いを馳せ、今ごろ春霞が立っているだろう、と想像する。「らむ」は現在推量。『麗花集』春上・七に収め、『金葉和歌集』初撰本・四、三奏本・三に入集。『俊成三十六人歌合』四二には結句「たちはじむらむ」とあるが、縁語の関係から「わたる」という本文がよい。2番の題は「所」（二見浦・倉橋山）。

兼輔3

人のおやの心はやみにあらねども　こをおもふみちにまどひぬるかな

親心は闇ではないけれども、子を思うと何も見えなくなって道に迷ってしまうことだ。

『後撰和歌集』雑一・一一〇二に詞書「太政大臣の、左大将にて、すまひのかへりあるじし侍りける日、中将にてまかりて、ことをはりて、これかれまかりあかれけるに、やむごとなき人二三人ばかりとどめて、まらうど、あるじ、さけあまたたびののち、ゑひにのりて、こどものうへなど申しけるついでに」として入集。太政大臣忠平が、まだ左大将で、相撲の還饗（相撲の節会で勝った方の近衛大将が私邸で開く酒宴）を行った日、兼輔も中将として招かれ、宴が終わって解散した後、主だった二三人だけで更に酒を飲み、話が子どものことになった際に詠んだ歌だという。『兼輔集』一一七の詞書は「このかなしきなど人のいふところにて」。『古今和歌六帖』二の第五句は「まよひぬるかな」（おや・一四一二、かねすけ）。『大和物語』第四十五段では、兼輔が娘桑子を醍醐天皇に入内させた際、帝の寵愛を愁えた歌とする。兼輔の曽孫である紫式部は、この歌を繰り返し反芻していたらしく、『源氏物語』に二十六回も引歌する。

朝忠3

あふことのたえてしなくは　中中に人をもみをもうらみざらまし

逢うことがまったくなかったら、かえって相手をも自分をも恨むことはなかっただろうに。

これも、天徳四年（九六〇）『内裏歌合』三八番歌。題「恋」。実頼の判詞は「ことばきよげなり」。『拾遺抄』恋上・二三五に作者「右衛門督朝忠」として収める。天徳四年における朝忠は、参議・右衛門督で五十一歳。『拾遺和歌集』恋一・六七八には作者「中納言朝忠」で入集。最終官職である。拾遺抄・集の配列では「はじめてをんなのもとにまかりて」云々という詞書をもつ和歌が抄・恋上・二五六、集・恋二・七一四になって現れるので、公任や花山院はこの歌を「未だ逢はざる恋」の意で解していたらしい。初めから逢える可能性が全く無かったら、というのであろう。しかし『深窓秘抄』六九では、敦忠2「あひみてののちの心に」（七〇）と並んで置かれ、解釈も微妙に変化していた可能性もある。『定家八代抄』恋三・一一一六になると、敦忠2「あひみての」（一〇七二）と配列が前後し、定家は「逢うて逢はざる恋」の歌とみて、逢ってかえって増す恋心と解していたことが知られる。『百人一首』四四。3番の題は「煩悩」（惑・恨）。

敦忠《あつただ》（八ノ左方）権中納言敦忠

▼**和歌**　「逢みての」（↓106頁）

▼**装束**

○垂纓《すいえい》の冠を被り、縫腋《ほうえき》の黒袍を着る束帯《そくたい》姿。

○霰《あられ》文の表袴《うえのはかま》を着し、足首からは赤大口《あかのおおぐち》が見え、襪《しとうず》を佩く。袍の袖口や盤領《まるえり》から紅の衵《あこめ》が覗く。

○衛府《えふ》の太刀《たち》を左腰に差して平緒《ひらお》を前に垂らす。

○浮線綾《ふせんりょう》の丸文のある下襲《したがさね》の裾《しり》を一段に畳んで引く。

▼**姿態**

○左手を冠の前でかざし、右手は下に下げて笏を持つ。

○「逢ひみての後の心にくらぶれば昔は物を思はざりけり」と、「逢うて逢はざる恋」の辛さに気がついて、自分の恋の行方を思い、見通しの甘さを恥じるさまか。

高光《たかみつ》（八ノ右方）藤原高光

▼**和歌**　「かくばかり」（↓107頁）

▼**装束**

○巻纓《けんえい》の冠を被り、緌《おいかけ》を付け、近衛少将で五位相当の闕腋《けってき》の雲立涌文《くもたてわく》の緋袍《あけのうえのきぬ》を着る武官の束帯姿。

○霰文の表袴を佩き、平緒を前に垂らすが、衛府の太刀は描かれない。

○矢の入った平胡籙《ひらやなぐい》を背負い、左手に弓を持つ。

▼**姿態**

○袍の袖中に収めた両手を膝の上に置き、真っ直ぐに前を向く。

○「かくばかり経難く見ゆる世の中にうらやましくもすめる月かな」と、澄んだ月の光を浴びるなか、出家の心を密かに深く固めて端座するか。

敦忠　▼生涯　『公卿補任』天慶六年（九四三）条によると、権中納言従三位藤原敦忠三十八歳三月七日卒とあり、生年は延喜六年（九〇六）。参議に加わった天慶二年条に経歴が見える。左大臣時平三男。母は在原棟梁女。頭五年、参議中将四年、天慶五年従三位権中納言に至り、翌年没した。中納言在任は二年だが、枇杷中納言・土御門中納言・本院中納言とも。『後撰和歌集』以下の勅撰集に廿九首入集。このうち廿首は恋歌で色好みとして知られる。『大和物語』には季縄女右近・忠平女貴子・雅子内親王との交渉が見える。歌風は技巧に頼らず平明。『大鏡』時平伝には「敦忠の中納言も失せたまひにき。和歌の上手、管弦の道にも優れたまへりき」とある。

▼和歌　歌仙絵に掲げられる一首としては、「あひみての」（↓106頁）か、『後撰和歌集』恋五・九二七に詞書「西四条の斎宮（醍醐天皇皇女雅子内親王）まだみこにものし給ひし時、心ざしありておもふ事侍りけるあひだに、斎宮にさだまりたまひにければ、そのあくるあしたに、さか木の枝にさしてさしおかせ侍りける　あつただの朝臣」で入集する「**伊勢の海のちひろのはまにひろふとも今は何てふかひかあるべき**」かのいずれか。雅子内親王の斎宮卜定は承平元年（九三一）十二月廿五日。伊勢の海まで行って広い浜で貝を拾ったとしても、今となっては、何のかいもなく、空しいことです、と詠む。『敦忠集』では第四句が「いまはなにして」。『大和物語』第九十三段では下の句が「今はかひなく思ほゆるかな」。

高光　▼**生涯**　藤原師輔《もろすけ》八男。母は醍醐天皇皇女雅子《まさこ》内親王。生年は、『九暦』天暦二年（九四八）八月十九日条に見える高光童殿上が兄兼家と同様十歳だったと仮定すると、天慶二年（九三九）となる。とすると、十六歳で母の死（西宮記・一代要記）に、十九歳で叔母（師輔室）康子《やすこ》内親王の死（日本紀略）に、廿二歳で父の死（日本紀略）に遭い、廿三歳の応和元年（九六一）十二月五日横川にて出家（村上天皇御記）。高光の出家の衝撃と悲嘆は『多武峯少将物語』に詳しい。出家の翌年八月横川から多武峯に移り（多武峯略記）、高光は「多武峯少将」と号される。法名如覚（尊卑分脈）。没年は『多武峯略記』が正暦五年（九九四）三月十日とするが、『斎宮女御集』に「みねの君うせてのころ／世のほかのいはほのなかもはかなくてみねのけぶりといかでなりけむ／御かへり／はかもなき世をすてはてし人しもぞけぶりとなりてさきにたちける」（七二・七三）と、高光遷化後の斎宮女御と愛宮（高光の同母妹）との贈答が見え、斎宮女御徽子《よしこ》女王の薨去する寛和元年（九八五）以前には、既に高光は没していたことが知られる。天元五年（九八二）の没か（拙著『高光集と多武峯少将物語』風間書房・二〇〇六年）。『多武峯略記』によると高光は「端座合掌、西方ニ向カヒテ弥陀ノ宝号ヲ唱ヘ」て遷化したという。『拾遺和歌集』以下の勅撰集に廿三首入集。

▼**和歌**　歌仙絵に掲げられる一首としては、「春過ぎて」（→105頁）か、「かくばかり」（→107頁）のいずれか。

敦忠1

かりにくときくに心のみえぬれば　わがたもとにもよせじとぞおもふ

「狩（仮）に来た」と聞いて心の程が見えましたので、私の袂に寄せまいと思うことです。

『伊勢集』八〇に詞書「かりする人、ゐなかいへのたなどある、まぢかくよりきたれば」、第二句「いふにこころの」、第四句「わがたもとには」という本文で見え、『金玉集』秋・一二七にも第四句「わがたもとには」で作者「伊勢」として収める。一方、『深窓秘抄』秋・四六には同じ歌が作者「あつただの中納言」で見え、『三十人撰』敦忠中納言三首・五九にも収める。『敦忠集』巻末に詞書なしで第四句「わがたもとには」（一四五）という本文で見えるのは、『三十六人撰』等からの増補と考えられる。本来は伊勢詠だったらしく、その詞書に記された、狩する男が、田などがある田舎家の、すぐ傍まで近づいてきた状況を踏まえてこそ、「狩に来」と「仮に来」の掛詞、「田もと」と「袂」の掛詞が生きるのである。『匡衡集《まさひら》』に「かりにくときくにこころのみえぬればよを秋風におもひなるかな」（四七）、『新古今和歌集』に「かりにくとうらみし人のたえにしを草ばにつけてしのぶころかな」（夏・一八七、曾禰好忠）など。

高光1

春すぎてちりはてにけり　むめのはなただかばかりぞえだにのこれる

春が過ぎてすっかり散ってしまったよ。梅の花はただ香りだけが枝に残っていることだ。

『拾遺和歌集』雑春・一〇六三に詞書「ひえの山にすみ侍りけるころ、人のたき物をこひて侍りければ、侍りけるままに、すこしを梅の花のわづかにちりのこりて侍るえだにつけて、つかはしける　如覚法師」として入集。高光は応和元年（九六一）十二月五日に比叡山横川で出家し、翌年八月には多武峯に移る（多武峯略記）。この歌は応和二年初夏に詠まれたことになる。書陵部本『拾遺抄』は収録せず、島根大学本『拾遺抄』は初句「はるたちて」、貞和本『拾遺抄』と具世本『拾遺和歌集』は「春たち《スキ》て」、北野本『拾遺和歌集』は「春すぎて」で収める。「春立ちて」→「春過ぎて」と本文が訂正されていったらしい。『高光集』でも西本願寺本・御所本「春たちて」、正保版歌仙家集本「春立《過》て」で、冷泉家本「春すぎて」である。『小大君集』三六には詞書「たふのみねの君に、ある大とこのさりゐのかうろにいれんとて、梅花さぶらふなる、すこし給はらん、とましたりければ」、初句「春風に」で見える。1番の題は繊細な「挨拶」。

敦忠2

あひみてののちの心にくらぶれば　むかしは物もおもはざりけり

深い契りを交わした後の心に比べると、昔は何も物思いなどしていなかったよ。

『拾遺抄』恋上・二五七に詞書「はじめてをんなのもとにまかりて又の朝につかはしける」として入集。公任は後朝《きぬぎぬ》の歌と考えていたらしい。『古今和歌六帖』第五・二五九八にも「あした」に部類され、第四句「むかしはものを」で収める。ところが、『拾遺和歌集』恋二・七一〇には「題しらず」とされ、必ずしも後朝の歌と見ない解釈も早くからあったようだ。『敦忠集』一四三は、巻末近くにあって、詞書もないところから、拾遺集からの増補らしい。定家は『八代抄』に「題不知」で、『百人一首』に第四句「昔は物を」の本文で採る。ただし『百人秀歌』では「むかしはものも」。「あひみる」は、男女が肉体関係を結ぶ。「昔は」の「は」は、「今は…」を想起させ、男女の仲となった後の「今」の物思いの深さを物語る。『後拾遺和歌集』に「あひみてののちこそこひはまさりけれつれなき人をいまはうらみじ」（恋二・六七四、永源法師）など。「逢うて逢はざる恋」を代表する一首。2番の題は「経難き世の中」。

高光2

かくばかりへがたくみゆる世中に　うらやましくもすめる月かな

これほど暮らしにくく見える世の中に、うらやましいことに澄んでいる月であるよ。

『拾遺和歌集』雑上・四三五に詞書「法師にならんと思ひたち侍りけるころ、月を見侍りて藤原たかみつ」として入集。「すめる」は「住める」と「澄める」の掛詞。存続の助動詞「る」との対応を考えると、『金玉集』六一や『宝物集』三六七のような初句「しばしだに」も出てこよう。『深窓秘抄』九六は「しばしだにへがたかりける」。『高光集』三五には詞書「村上のみかどかくれさせ給ひてのころ、月をみて」として収める。実際の村上天皇崩御は、高光出家の五年半後で、出家の原因とはなり得ない。また『栄花物語』月の宴では中宮安子崩御の折の歌とし、中宮崩御を高光出家の原因とする。中宮崩御も高光出家の三年後であり得ない。多武峯という平安京から隔絶した場所に移住してしまった高光像の伝説化が早い時期から始まっていたことを示すもの。「うらやましくもすめる月かな」という心情を吐露する「かくばかり経難く見ゆる世の中」とは、どのような状況を指すのか、様々な憶測を誘ったにちがいない。

敦忠3

けふそへにくれざらめやはとおもへども　たへぬは人の心なりけり

今日もまた日が暮れるに違いないとは思うけれども、宵まで待てないのは人の心だったよ。

『後撰和歌集』恋四・八八二に詞書「みくしげどのにはじめてつかはしける」として入集。「みくしげどの」は、御匣殿別当として朱雀天皇・村上天皇などに三十年以上仕えた藤原仲平女明子《あきらけいこ》。敦忠室となり、佐時・佐理などを儲ける。「はじめて」と「つかはしける」の間に、中院本・亀山天皇筆本・正徹本・承保本は「あひて」、雲州本は「あひてつとめて」、坊門局筆本は「あひて又のあしたに」とある。『大和物語』第九十二段でも和歌の直前に「つひに逢ひにけるあしたに」とあり、後朝の歌と知られる。添加の副助詞「そへに」は、「添へ」が語源で「さへ」に通じる。普段と同様、あなたと初めて結ばれた今日もまた、の意。「暮れざらめやは」の「め」は推量の助動詞「む」の已然形で、「や」と結びつき反語を表す。「は」は強調。日が暮れないなんてことがあろうか、いや、必ず日は暮れるに決まっている、の意。「たへぬ」は、あなたを訪ねる宵まで待つことに耐えられない。「人」は、恋する人間と一般化していう。

高光3

みても又またもみまくのほしかりしはなのさかりは　すぎやしぬらむ

いくら見ても又すぐ見たくなったあの京の花盛りは、今頃はもう過ぎてしまっているだろうか。

『新古今和歌集』雑上・一四六〇に「題しらず」として入集。『高光集』三七の詞書は「花のさかりに、ふるさとのはなをおもひやりて、いひやりし」。出家後、横川か多武峯かで出会った「花の盛り」に触発され、かつて在俗時代に見た京の花盛りの光景を思い出し、標高のある此処が花盛りということは、都の桜は今頃もう花盛りを過ぎてしまっているだろうかと思いやり、京の知人に歌を届けたというのである。『古今和歌集』の「見ても又またも見まくのほしければなるるを人はいとふべらなり」（恋五・七五二）を踏まえ、恋歌を花をめぐる懐旧の歌に転化し、俗世に身を置いていた頃の、毎年毎年の春の記憶が幾重にも重なって畳みかけるような厚みを生み出しながら、第三句の助動詞「し」によってその世界が戻りたくてももう戻れない昔の世界であることを示しつつ、懐かしく「ふるさと」の現状に思いを馳せる歌となっている。冷泉家本の詞書「思いでゝ」。西本願寺本は結句「すぎやしにけむ」。3番の題は強い「思ひ」。

公忠《きんただ》（九ノ左方）源公忠朝臣

▼和歌　「ゆきやらで」（→114頁）

▼装束

○垂纓《すいえい》の冠を被り、縫腋《ほうえき》の藤襷《ふじだすき》中七曜《しちよう》文の黒袍を着て、浮線綾《ふせんりょう》の丸文のある下襲《したがさね》の裾《しり》を引く束帯《そくたい》姿。

○窠《か》に霰《あられ》文の表袴《うえのはかま》を着し、襪《しとうず》を佩く。

○右袖と盤領《まるえり》から紅の衵《あこめ》が覗く。

▼姿態

○右手に袖の中から笏《しゃく》頭を握って足の上に突き立てて、やや下方に視線をやる。

＊佐竹本では、頼基がとるポーズである。

○「ゆきやらで山路くらしつ郭公いまひとこゑのきかまほしさに」と、耳を澄ませて、ホトトギスの声を待つさまか。

忠岑《ただみね》（九ノ右方）壬生忠岑

▼**和歌**　「有明の」（↓113頁）

▼**装束**

○巻纓《けんえい》の冠を被り、緌《おいかけ》を付ける。

○闕腋《けつてき》の梅鉢文《うめばちもん》の黒袍を着て、窠《か》に霰《あられ》文の表袴《うえのはかま》を佩く。

○闕腋の袍《うえのきぬ》の右脇のスリットから、縹《はなだ》色と紅の色の対比が鮮やかな半臂《はんぴ》の襴《らん》が覗く。

○石帯《せきたい》を巻き、衛府《えふ》の太刀《たち》を左腰に差す。

▼**姿態**

○右やや後方から横顔が描かれ、左方の公忠と向かい合う。

＊鈴木其一筆「三十六歌仙図屏風」の忠岑の姿は、さらに後方から描かれ、顔が見えない。

公忠　▼**生涯**　『日本紀略』天暦二年（九四八）十月廿九日条に「此日公忠朝臣卒」。『三十六歌仙伝』では「廿八日卒〈年六十〉」。この六十歳に従うと、生年は寛平元年（八八九）。『尊卑分脈』によれば光孝天皇孫、源国紀男。従兄の醍醐天皇に近習していたことが『大和物語』百三十一段・百三十三段などに見える。『三十六歌仙伝』によると六位蔵人に補された延喜十八年（九一八）「卅一」とあるが誤りで「卅」が正しい。延長三年（九二五）「蔵人ノ労」により従五位下に叙せられた。五位蔵人、右少弁、山城守、右中弁を歴任。承平七年（九三七）正月蔵人を辞する替わりに男信明（↓143頁）が六位の蔵人に補された。天慶元年（九三八）従四位下に叙せられ、同四年（九四一）近江守に任ぜられた。同六年（九四三）右大弁を兼ねたが、同八年（九四五）病に依って右大弁を辞した。有能な官吏であると同時に、和歌に巧みで、晩年の貫之と交渉があった。『後撰和歌集』以下の勅撰集に廿一首入集。滋野井弁と称され、香合・放鷹にも秀でた。

▼**一首**　歌仙絵に掲げられる一首としては、「行きやらで」（↓114頁）か、『拾遺和歌集』雑春・一〇五五に詞書「延喜御時、南殿にちりつみて侍りける花を見て　源公忠朝臣」で入集する「**とのもりのとものみやつこ心あらばこの春ばかりあさぎよめすな**」かのいずれか。主殿寮の下級官人たちよ、もし落花の風情を解する風流心があるならば、この晩春の日々だけは、桜の花の散り積もる紫宸殿の前庭の朝の掃除は止めておくれ、と詠む。

忠岑　▼**生涯**　生没年未詳。『勅撰作者部類』は「散位壬生安綱男」とするが、『三十六歌仙伝』には「先祖不見」とある。卑官ゆえ出自も未詳。『古今和歌集』撰者の一人で、仮名序・真名序に「右衛門府生」とある。また長歌には「身は下ながら」「今も仰せの　下れるは」「ひとつ心ぞ誇らしき」「近き衛りの　身なりしを」「御垣より　外重守る身の　御垣守」「かかるわびしき身ながらに　つもれる年を　記せれば　五つの六つ（三十年）に　なりにけり」「身はいやしくて年たかき」（雑体・一〇〇三）と見え、延喜五年には既にかなりの高齢だったらしい。同七年の宇多法皇の大井川御幸での詠進が詠歌活動の最後で、その間もなく没したか。『大和物語』百二十五段によると、「泉の大将」藤原定国の随身だったことが知られ、その弟定方などの庇護を受けたらしい。『古今和歌集』以下の勅撰集に八十四首入集。忠見（↓193頁）の父。

▼**一首**　歌仙絵に掲げられる一首としては、「春たつと」（↓115頁）か、『古今和歌集』恋三・六二五に詞書「題しらず　みぶのただみね」で入集する「**有あけのつれなく見えし別より暁ばかりうき物はなし**」かのいずれか。公任は、忠岑の三首に撰ばないが、定家は『顕注密勘』によればば「これほどの歌ひとつよみいでたらむ、この世の思ひ出に侍るべし」と激賞して『百人一首』に採り、一夜、女と逢って「女のもとよりかへる」時の歌と解したが、契沖が『古今余材抄』に「此歌、あはずして明けたる歌どもの中に挟まれて侍り」と看破した通り、女に逢えずに、明け方まで戸口に立ち尽くした男の辛さが詠まれているらしい。

公忠1

ゆきやらで山ぢくらしつ　ほととぎすいまひとこゑのきかまほしさに

旅を中断して山路で日を暮らしてしまった。ホトトギスのもう一声が聞きたくて。

『拾遺和歌集』夏・一〇六に詞書「北宮の裳着の屏風に」として入集。「北宮」は、醍醐天皇皇女康子内親王。「裳着」は、古くは垂髪を結髪にしたので「初笄《はつこうがい》」ともいった。『日本紀略』承平三年（九三三）八月廿七日条に「康子内親王、常寧殿ニ於テ初笄アリ」と見える。同屏風には、貫之（春・六三）右近（雑春・一〇〇三）をはじめ、家集によると伊勢・頼基なども出詠している。『大鏡』公季伝は「貫之などあまた詠みてはべりしかど…すぐれてののしられたうびし歌よ」とこの歌が評判となったことを伝える。公任が秀歌撰『金玉集』夏・二三、『深窓秘抄』夏・二九、『和漢朗詠集』郭公・一八四などに採る。西本願寺本『公忠集』八の詞書は「このみやのみくしげの御屏風に、やまをこゆる人の郭公ききたるところに」だが、「このみや」は「北宮」を「此宮」と誤読した結果で、正保版歌仙家集本の「きたの宮」が正しい。また「みくしげ」も、初笄すなわち「みぐしあげ」とする歌仙家集本の本文が相応しい。

忠岑1

春たつといふばかりにや　みよしのの山もかすみてけさはみゆらむ

ただ立春というだけで、雪深いみ吉野の山でさえも春霞に霞んで今朝は見えるのだろうか。

『拾遺和歌集』春の冒頭歌。詞書「平さだふんが家歌合によみ侍りける」。公任撰『和歌九品』は「上品上」と最高の評価を与え、「これはことばたへにしてあまりの心さへあるなり」とし、人麿6「ほのぼのと」と並べる。立春の朝の詠歌だが、こうした高い評価が与えられるのは第二句「いふばかりにや」と結句「今朝は見ゆらむ」の係り結びのなかの「ばかり」という緩やかな限定の副助詞や、腰の句と第四句の「み吉野の山も霞みて」の類推の係助詞「も」の働きに因るところが大きい。吉野山といえば雪深い所として知られるが、そんな吉野山でさえも、ただ立春だというだけで、今朝は春霞が立っているように見えるのだろうか、という。「らむ」は原因推量。「ばかり」は限定の境界が「のみ」などより曖昧で、そこに余情が生まれやすい。素性1「今こむといひしばかりに」も同様で、忠岑には、程度の「ばかり」だが、『百人一首』に採られた「暁ばかりうき物はなし」（↓113頁）もある。1番の題は「山」。

公忠2

よろづよもなほこそあかね　きみがためおもふ心のかぎりなければ

万世でさえもやはり足りないことだ。あなたのために長寿を願う私の心に際限がないので。

「きみがため」の君とは誰か。定家本『拾遺和歌集』賀・二八三に詞書「権中納言敦忠、母の賀し侍りけるに　源公忠朝臣」として入集。これによると公忠が敦忠に代わり詠んだもので、敦忠の母は在原棟梁女（公卿補任）または本康親王女廉子《やすこ》（尊卑分脈）。しかし具世本や北野本は「めの（妻）の賀」。しかも北野本には「右大将あつたゞがめのが」とある。敦忠は「右大将」になっていない（→102頁）ので官職あるいは氏名に疑問が生じる。官職を訂正したのが拾遺集。一方、『拾遺抄』賀・一八〇や『公忠集』の詞書では、敦忠の十六歳年上の兄「保忠」とする。『公卿補任』によると時平一男の保忠が「右大将」になるのは承平二年（九三二）八月三十日。同六年七月十四日四十七歳で卒去するまであしかけ五年在任し「八条大将」と号された。正保版歌仙家集本「八条大将めのためにがしけるに」、西本願寺本「八条の大将のために賀しけるに」、御所本（五一〇・一二）・冷泉家本「右大将に」など。保忠四十賀（→33頁）の可能性も。

忠岑2

ときしもあれ秋やは人にわかるべき　あるをみるだにこひしきものを

季節は他にもあるのに何故秋に死別するのか。生きている人と会っていても恋しい季節なのに。

『古今和歌集』哀傷・八三九に詞書「きのとものりが身まかりにける時よめる」として入集。「時しもあれ」は、適当な時期は他にもあろうに、どうして秋に、の意。よりによって、ただでさえ悲しみのつのる秋に死別とは、あまりに残酷で不適当だというのである。「やは」は反語。「人に」は、古今集や『忠岑集』では「人の」。「別る」の主語を「私」（忠岑）とみるか、それとも「人」（友則）とみるか。当時の「別る」は、「人を別る」（古今集・離別・三八一、三八四詞書）と表現される。上の句には、友則を責めるニュアンスがあり、「人の」が原形だろう。「あるを見るだに」の「ある」は生存する人。「見る」は会う場合。「だに」は類推の副助詞で、…でさえ、の意。「おもふどちあるだに秋はわびしきを草のかれがれなるぞかなしき」（古今和歌六帖・一・秋・三五六七）という類歌もある。御所本（五〇一・一一三）『忠岑集』の結句「あかぬこころを」。心は満たされないものなのに、というのである。2番の題は「寿命」（算賀・哀傷）。

公忠3

たまくしげふたとせあはぬきみが身を　あけながらやはあらむとおもひし

二年逢わないあなたの身を、五位の浅緋《あけ》の衣のままであろうとは思いもしませんでした。

『後撰和歌集』雑一・一一二三に詞書「小野好古朝臣、にしのくにのうて（討手）のつかひにまかりて、二年といふとし、四位にはかならずまかりなるべかりけるを、さもあらずなりにければ、かかる事にしもさされにける事のやすからぬよしを、うれへおくりて侍りけるふみの、返事のうらに、かきつけてつかはしける」として入集。天慶三年（九四〇）正月一日、正五位下小野好古は山陽道追捕使に任ぜられ（日本紀略）、純友の乱の平定に西下した。翌年、好古は四位に叙せられることを期待していたが叶わず愁訴してきた。その返事の裏に書き付けた歌。「たまくしげ」は、美しい櫛笥（櫛を入れる箱）で、「ふた」を導く枕詞。「あふ」「身」「あけ」は箱の縁語。当時の服制では、一位深紫、二・三位浅紫、四位深緋、五位浅緋とされるが、四位の深緋は、色が濃く三位以上に準じて紫と見なされ、五位は「アケノ衣」と呼ばれ四位以上とは区別された。『大和物語』四段は、この歌によって四位になれなかったことを好古が知る話に仕立てる。

忠岑3

春はなほ我にてしりぬ　はなざかり心のどけき人はあらじな

春はやはり我が心によって知ったが、花盛りのなかで心のどかな人はあるまいよ。

『拾遺和歌集』春・四三に詞書「平さだふんが家歌合に」として入集。「延喜五年四月廿八日定文家歌合」（廿巻本断簡）。十巻本によると、忠岑1「春たつと」は「首春」、この歌は「仲春」の左歌。共に右方の躬恒歌と番えられ、それぞれ「持」、「左勝」。『古今和歌六帖』一・五三に「なかのはる」で部類される。西本願寺本『忠岑集』六六詞書にも「仲春」との語句が見える。仲春の季節であることは「花盛り」という表現でも分かる。『和漢朗詠集』二六では「春興」の項目に採る。『伊勢物語』八十二段の「年ごとの花盛りに」惟喬親王に扈従した「右の馬の頭なりける人」（業平）が交野の渚の家で詠んだ「世の中にたえて桜のなかりせば春の心はのどけからまし」を踏まえ、初句の「なほ」は結句の「あらじな」に係る。「な」は詠嘆。「心のどけき人」は、花が散らないかと心配しないで、心のどかに満開の桜を見ている人。第二句は「のどけから」ざる我が「心」によってそれを知ったが、という挿入句。3番の題は「君・我」。

斎宮女御《さいぐうのにょうご》（十ノ左方）斎宮女御

▼和歌　「琴の音に」（↓124頁）

▼装束

○紺地の繁菱《しげびし》文様の単衣《ひとえ》に、紅の匂いの五衣《いつつぎぬ》、その上に亀甲花菱《きつこうはなびし》文のある小袿《こうちき》を着る。

○身を隠す几帳《きちょう》は、幅広の織物で三幅《みの》の美麗なもの。根引松竹《ねびきまつたけ》文、雷文《らいもん》、唐草文、四菱《よつびし》文で飾られ、幅筋《のすじ》として垂れる紐には繁菱文がある。

＊通常、四尺の几帳は五幅《いつの》で、三尺の几帳は四幅《よの》。

▼姿態

○几帳の陰から顔を横向けて半分出す。両目は閉じられている。

○故村上天皇を偲び、忍び泣く姿か。（↓122頁）

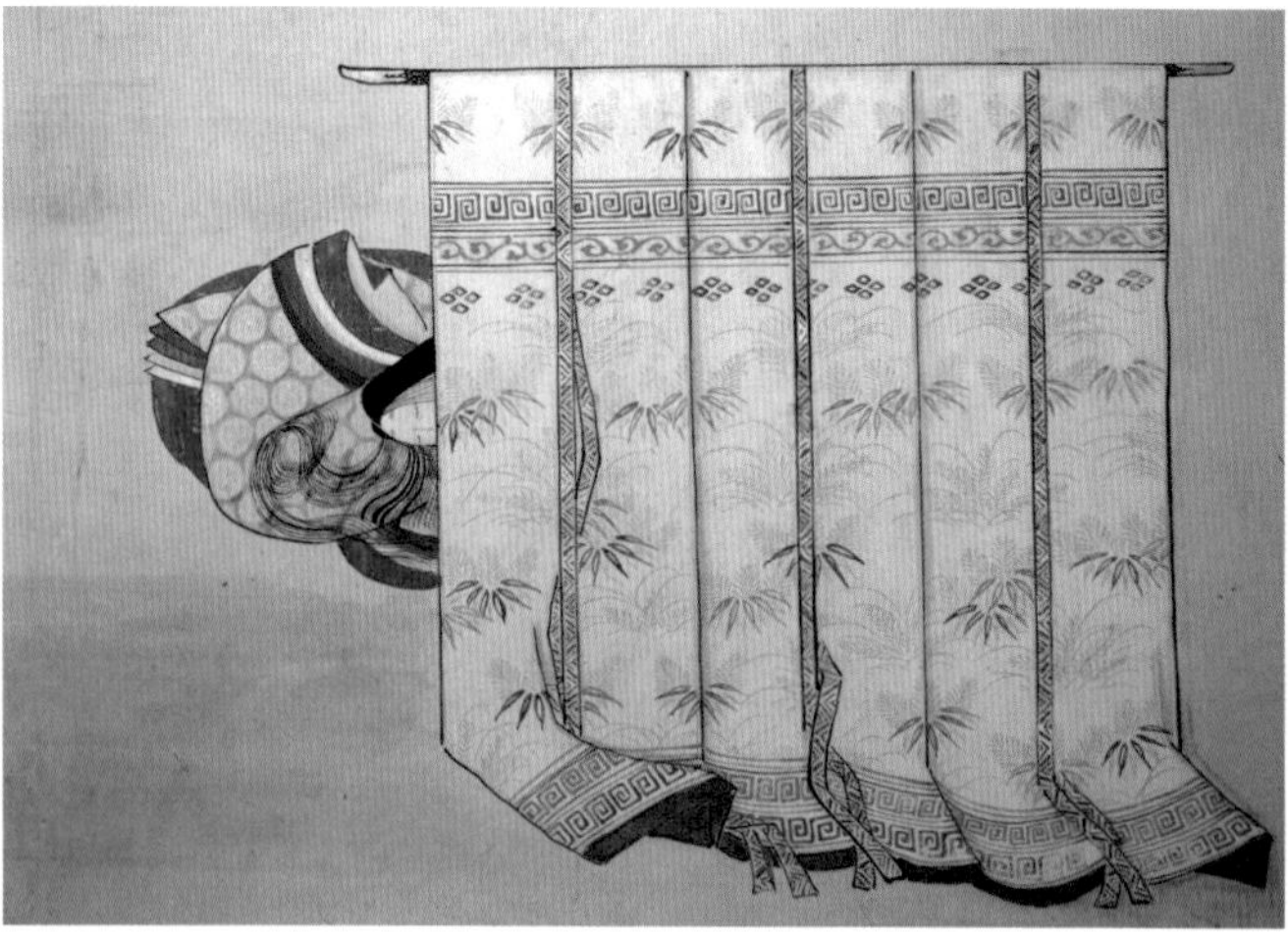

頼基《よりもと》（十ノ右方）大中臣頼基朝臣

▼**和歌**　「一ふしに」（↓125頁）

▼**装束**

○垂纓《すいえい》の冠を被り、四位にふさわしく黒袍を着る。

○紫色緯白《ぬきしろ》に八藤《やつふじ》の丸文のある指貫《さしぬき》を佩く。

▼**姿態**

○口の両側に垂れ下がる口髭が印象的な顔は、真っ直ぐ前を向き、左方の斎宮女御に対して端座する。

＊佐竹本は、公忠の箇所に述べたように（↓110頁）、右手に袖の中から笏頭を握って足の上に突き立てて、やや下方に視線をやる姿。笏を突く姿勢が「一ふしに千よをこめたる杖なればつくともつきじ君が齢は」と、杖を突く姿勢に通じ、それが相応しいか。土佐光起筆「三十六歌仙図色紙貼交屏風」は本図に同じ。

斎宮女御　**▼生涯**　『尊卑分脈』三ノ四五〇頁によると醍醐天皇皇子重明親王女徽子《よしこ》。『日本紀略』によると、承平六年（九三六）九月十二日八歳で伊勢斎宮に卜定。天慶元年（九三八）九月十五日十歳で伊勢参向、同八年（九四五）正月十八日の母（分脈一ノ五〇頁によって藤原忠平女、河海抄所引李部王記により寛子四十歳と知られる）の喪に依り八月十三日退出。『一代要記』によれば、天暦二年（九四八）二十歳で入内、同三年四月七日女御。和歌に優れ、音楽に長じた。『日本紀略』によると、康保四年（九六七）五月廿五日村上天皇崩御、円融朝の斎宮に卜定された娘規子《のりこ》内親王が貞元二年（九七七）九月十六日伊勢に参向するのに同行、永観二年（九八四）八月譲位によって娘規子内親王と共に帰京。『大鏡』裏書によれば、寛和元年（九八五）五十七歳で薨去。『拾遺和歌集』以下の勅撰集に四十五首入集。

▼一首　歌仙絵に掲げられる一首としては、「琴の音に」（↓124頁）か、『新古今和歌集』哀傷・七七八に詞書「一品資子《すけこ》内親王にあひて、むかしのことども申しいだしてよみ侍りける　女御徽子女王」で入集する「**袖にさへ秋のゆふべはしられけりきえしあさぢが露をかけつつ**」か、のいずれか。後者の「むかしのことども」は、村上天皇の生前の思い出。資子内親王は村上天皇皇女。袖にさえも、秋の夕べは知られることですね。消えた浅茅の露のように儚く消えてしまわれた帝をお偲びしては、とめどなく袖に涙の露がこぼれかかって、と詠む。「露」は、「秋のゆふべ」の景物。涙の比喩。「袖」にかかる涙の「露」によって「秋のゆふべ」と知る。

頼基　▼**生涯**　『中臣氏系図』（群書類従）によると、遠江守従五下岡良孫、備後掾六位輔道男で、祭主従四位下として「天暦十年（九五六）卒、七十三」とある。『二所太神宮例文』第八・祭主次第には「天慶二年（九三九）四月任。在任廿年、天暦十年卒、七十」。祭主の在任があしかけ「廿年」とすれば、卒年は天徳二年（九五八）ということになり、『三十六歌仙伝』の「天徳二年卒」がふさわしい。天徳元年四月廿二日に村上天皇女御安子が藤壺で行った父右大臣師輔五十賀（日本紀略）の屏風歌を頼基が詠んでいることからも、天暦十年卒はあり得ず、天徳二年卒が妥当。ただし、享年が七十か、七十三か、七十六（『祭主補任集』「或云」）かは確定できない。系図裏書や三十六歌仙伝などによれば、延喜廿二年（九二二）正六上、延長元年（九二三）六月神祇少祐、同五年（九二八）正月権大祐、承平三年（九三三）正月権少副、天慶四年（九四一）正月従五位下、同八年（九四五）八月十三日「神祇権少副従五位上大中臣朝臣頼基」として斎王徽子の退出を告げるため伊勢大神宮へ発向している（→122頁）。同年十月大副、天暦五年（九五一）正月従四位下。『拾遺和歌集』以下の勅撰集に十一首入集。能宣（→192頁）の父。輔親の祖父。

▼**一首**　歌仙絵に掲げられる一首としては、「ひとふしに」（→125頁）、「つくばやま」（→129頁）、または『頼基集』一三に詞書「朱雀院の御屏風に、子日の松ひくところにうぐひすなく」として収める「**子日するのべにこまつをひきつれて返るやまべにうぐひすぞなく**」のいずれか。正月の最初の子の日、野辺に出て小松を引き、千代を祝う。その帰路の山辺で春告鳥の鴬が鳴く。

斎宮女御1

ことのねにみねのまつ風かよふらし　いづれのをよりしらべそめけむ

琴の音に峰の松風が入りまじるらしい。峰の尾か琴の緒かどちらから奏でなじめたのだろうか。

『拾遺和歌集』雑上・四五一に詞書「野の宮に斎宮の庚申し侍りけるに、松風入夜琴といふ題をよみ侍りける」として入集。斎宮女御徽子の娘規子内親王が伊勢斎宮に卜定され、貞元元年（九七六）九月廿一日野宮に入った（日本紀略）。その野宮で初冬十月廿七日「かのえさる」の夜眠らずに、李嶠百詠の詩句を歌題として歌を詠んだことが西本願寺本『順集』一六四詞書によって知られる。第三句の「かよふ」は入りまじる。「らし」は根拠のある推定だが、根拠が示されていない。『古今和歌六帖』五・こと・三三九七・『斎宮女御集』五七・『拾遺抄』五一八・『深窓秘抄』八七・『和漢朗詠集』管弦・四六九のように、聴覚による推定「なり」が本来か。『金玉集』五七・『前十五番歌合』二一は「らし」を採り、定家が『拾遺和歌集』を尊重したことで「らし」で享受されていく。公任は揺れていた。「を」は「尾」（尾根）と「緒」（弦）の掛詞。「調ぶ」は奏でる。書陵部本『拾遺抄』雑下・五一四は結句「しらべそむらん」。

頼基1

ひとふしにちよをこめたるつゑなれば　つくともつきじきみがよはひは

一節ごとに千代をこめた竹杖なので、いくら突いても尽きないでしょう、君の齢は。

『拾遺和歌集』賀・二七六に詞書「おなじ（承平四年中宮の）賀に、竹のつゑつくりて侍りけるに」として入集。『日本紀略』承平四年（九三四）三月廿六日「公家、常寧殿ニ於テ皇太后（穏子）ノ五十算ヲ賀シ奉ル」とあり、朱雀天皇が母藤原穏子（醍醐天皇中宮）の五十賀を祝った折に贈られた竹杖に添えられた歌。『頼基集』一〇には「おなじ（うだの）院、うちに四十の賀たてまつりたまふたけのつゑのうた」とあり、醍醐天皇の四十賀の折の歌とする。『古今和歌六帖』四・つゑ・二三一八は初句「ひとつよに」。「ふし」も「よ」も竹の節と節の間。「ちよ」の「よ」も竹の縁語。「つく」は、杖を「突く」と齢が「尽く」の掛詞。なお、頼基男の能宣の家集には、実頼七十賀の折、宰相中将延光が竹杖を作って献上し、その杖に添えるべき歌を「ちちよりもと」の前例に倣って能宣が要請されて「きみがため今日きるたけのつゑなればまだつきもせぬよよぞこもれる」（一一二五）と詠んだことが見える。1番の題は「調度」（琴・杖）。

斎宮女御2

かつみつつかげはなれゆく　みづのおもにかくかずならぬ身をいかにせむ

私の眼の前から帝の姿が遠ざかる。このように儚い数ならぬ身をどうすればよいだろう。

『拾遺和歌集』恋四・八七九に詞書「天暦御時、承香殿のまへをわたらせ給ひて、こと御方にわたらせたまひければ」として入集。『重之集』一八八詞書に「斎宮の女御うちにおはせしむかし、あるたちはきのをさ（帯刀長→133頁）、承香殿のにしのつまどに立ちよれり」とあるように、斎宮女御の村上天皇後宮での居所は承香殿だった。徽子《よしこ》が女御となったのは天暦三年（九四九）。その後に女御として後宮に加わるのは、麗景殿女御（天暦四年（九五〇）代明親王女荘子《たかこ》女王）と宣耀殿女御（天徳二年（九五八）左大臣師尹女藤原芳子《よしこ》）である（一代要記）。帝が麗景殿や宣耀殿に通うには承香殿を前渡りすることになる。天暦八年（九五四）九月十四日徽子の父重明親王が薨去（扶桑略記）。徽子は後見を失い「数ならぬ身」を実感する。「水の面に」は、『古今和歌集』恋一・五二二の「ゆく水に数画くよりもはかなきはおもはぬ人を思ふなりけり」を踏まえて「画く数」を掛け、「かく数ならぬ身」（このように儚い身）を導く序。

頼基2

わかごまとけふにあひくるあやめぐさ　おひおくるるやまくるなるらむ

若駒と、今日に合わせて生えてくるあやめ草、どちらも「おひ」後れた方が負けなのだろうか。

『頼基集』三〇の詞書は「天暦御時屏風に／五月五日こまくらべのところ」。「若駒」は、若く、勢いのある馬。「駒競《こまくらべ》」にふさわしい歌語。「と」は、比喩で解する読み（樋口芳麻呂）もあるが、並列とみる。「今日にあひくるあやめ草」は、五月五日に合わせて生えてくる菖蒲。端午の節句には、香気が強いので邪気を払うとされ、軒や車などに葉をさし、また根は長く、長命を願うしるしとされ、長さを競う「根合わせ」も行われた。「おひ」は、「追ひ」と「生ひ」の掛詞。若駒をせきたてて先に進ませる意の「追ふ」と、あやめ草が生長して伸びる意の「生ふ」。「駒競」「根合わせ」では、共に「おひ」後れた方が負けであろうかという言葉遊び。後続の同想歌としては、若駒を「牽く」とあやめ草を「引く」とを掛ける源順詠や兼盛詠がそれぞれ家集にあり、『源氏物語』にも「若駒はいつかあやめにひきわかるべき」（螢・八一五）と見える。作者は、『三十人撰』では信明だが、『和漢朗詠集』端午・一五六では頼基。2番の題は「雑」。

斎宮女御3

あめならでもる人もなきわがやどを　あさぢがはらとみるぞかなしき

雨が漏るほか守る人もいない私の宿を、浅茅が原と見るのが悲しいことだ。

『拾遺和歌集』雑賀・一二〇四に詞書「東三条にまかりいでて、あめのふりける日　承香殿女御」として入集。「東三条」は、『拾芥抄』に「二条南、町西（西洞院東）、南北二町」を占める「忠仁公（良房）家」で、「貞信公（忠平）大入道殿（兼家）伝領」し、「長久四（一〇四三）四（月）卅（日）焼失」とある。また「重明親王家」とあるので、忠平女寛子が重明親王と結婚した際に親王を迎えるために伝領し、一時期重明親王邸となったのであろう。天慶八年（九四五）寛子が卒去し、天暦八年（九五四）重明親王が薨去すると、家を管理する父母を失った徽子の里は荒廃したのであろう。里下がりの折の詠歌であることを示す意味で、作者名を「斎宮女御」ではなく「承香殿女御」とする。「もる」は、雨が「漏る」と家を「守る」の掛詞。「浅茅が原」は、チガヤなど雑草が生え荒れ果てた野原。家集は「われならでまづうちはらふひともなきよもぎがはらをながめてぞふる」（四二）を並べる。「浅茅」や「蓬生」は荒廃の象徴。

頼基3

つくば山いとどしげきに　もみぢばはみちみえぬまでちりやしぬらむ

筑波山は他の山以上に木々が繁るので、今ごろ紅葉が道が見えなくなるまで散っているだろうか。

「筑波山」は、常陸国の歌枕。『古今和歌集』には「筑波嶺の木の本ごとに立ちぞ寄る春の御山の蔭をこひつつ」(雑下・九六六)「筑波嶺のこの面かの面に蔭はあれど君が御蔭に増す蔭はなし」(東歌・常陸歌・一〇九五)「筑波嶺の峰のもみぢ葉おちつもり知るも知らぬもなべてかなしも」(同・一〇九六)と「筑波嶺」で三首ある。仮名序には「広き御恵みの蔭、筑波山の麓よりも繁くおはしまして」などと「筑波山」で見え、木々が繁茂して木蔭の多く、紅葉が落葉して積もる所で、主君の恩寵のイメージも色濃い。「いとどしげきに」は、他の山にも木は茂っているが、筑波山はいっそう多く繁っているので、の意。「や」は疑問。「し」はサ変。「ぬ」は状態の発生。「らむ」は現在推量。この歌は、『頼基集』を含め、他に見えず出典未詳。「つくば山」に、官職に「付く」を掛け、前途の見えない身の不遇を愁訴し、更なる恩寵に期待する歌とも解せる。とすれば「らむ」は原因推量。3番の題は「廃園述懐」。

敏行《としゆき》（十一ノ左方）藤原敏行朝臣

▼**和歌**「秋きぬと」（↓134頁）

▼**装束**

○垂纓《すいえい》の冠を被り、白地の浮線綾《ふせんりよう》の丸文のある直衣《のうし》を着る。直衣の裏地は縹《はなだ》色だが、表地を折り返す首《くび》上《かみ》、両端袖《はたそで》、襴《らん》の四箇所は裏地の色が透けない所謂「四白直衣《よつじろ》」である。

○指貫《さしぬき》は紫色緯《ぬき》白で、八藤《やつふじ》の丸文がある。

＊佐竹本も冠《かんむり》直衣《のうし》姿だが、架蔵短冊や季吟「歌仙拾穂抄」では、巻纓《けんえい》の冠を被り、緌《おいかけ》を付け、矢の入った平胡簶《ひらやなぐい》を背負い、左手に弓を持つ武官の姿。衛府《えふ》の太刀《たち》を左腰に差し、平緒《ひらお》を前に垂らす。四位の武官（右兵衛督）である敏行には、後者の姿がふさわしい。あるいは宗于（↓140頁）と誤ったか。

重之《しげゆき》（十一ノ右方）源重之

▼和歌　「かぜをいたみ」（↓137頁）

▼装束

○五位にふさわしい烏帽子《えぼし》狩衣《かりぎぬ》姿。狩衣は亀甲《きっこう》丸繋《まるつなぎ》中唐花《からはな》文。

○麻製の白い狩袴《かりばかま》を佩く。

▼姿態

○蝙蝠《かわほり》の頭に左手を被せ、左足に突き立て、首を左に傾ける。その結果、烏帽子も大きく左に傾いている。

○「くだけてものをおもふころかな」に合わせ、あれこれ思い悩む姿勢をとらせているらしい。

＊土佐光起筆「三十六歌仙図色紙貼交屏風」は本図と同じ姿勢をとる。

敏行　**▼生涯**　『尊卑分脈』二ノ四三一頁によると従四下陸奥守按察使藤原富士麿男。母は刑部卿正四下紀名虎女。父富士麿が嘉祥三年（八五〇）卒、四十七歳。『古今和歌集』哀傷・八三三に詞書「藤原敏行朝臣の身まかりにける時によみて、かの家につかはしける」で紀友則詠が見える。『三十六人歌仙伝』が「延喜七年卒。〈家伝云、昌泰四年（九〇一）卒〉」とするが、家伝に従うのが無難か。母が名虎女で、有常女（業平室）・常康親王・惟喬親王と従兄弟。業平とも交流があった。『古今和歌集』恋三には「なりひらの朝臣の家に侍りける女のもとによみてつかはしける　としゆきの朝臣／つれづれのながめにまさる涙河袖のみぬれてあふよしもなし／かの女にかはりて返しによめる　なりひらの朝臣／あさみこそ袖はひつらめ涙河身さへ流るときかばたのまむ」（六一七、八）などの贈答がある。古今集以下の勅撰集に廿九首入集。能書でもあった。

▼一首　歌仙絵に掲げられる一首としては、「秋きぬと」（↓134頁）か、『古今和歌集』秋上・二一八に詞書「これさだのみこの家の歌合によめる　藤原としゆきの朝臣」として見える「**あきはぎの花さきにけり高砂のをのへのしかは今やなくらむ**」かのいずれか。秋萩の花が咲いたことだ。高砂の尾上の鹿は今ごろ鳴いているだろうか、と詠む。萩は「鹿鳴草」（和名抄）とも呼ばれ、『万葉集』以来、萩と鹿は共に詠まれてきた。「秋はぎのさきたる野辺にさを鹿はちらまく惜しみ鳴きゆくものを」（巻十・二一五五）など。「高砂」は、高い砂丘という普通名詞、播磨国の地名・歌枕、また「高砂の」という形で「まつ」や「尾上」にかかる枕詞などの用法がある。

重之　▼生涯　『尊卑分脈』三ノ五八頁によると清和天皇皇子貞元親王孫、三河守侍従従五下源兼信男。伯父正四下参議治部卿源兼忠の猶子となる。『三十六歌仙伝』によれば、冷泉天皇東宮時代、帯刀長《たちはきのおさ》として仕え、冷泉天皇が即位すると康保四年（九六七）十月右近将監に任ぜられ、同月義兄能正（兼忠長男）が左近将監から右近少将になると、左近将監に転じた。その後、従五位下に叙せられ、相模権介を経て、天延三年（九七五）正月左馬助、貞元元年（九七六）七月相模権守に任ぜられた。これ以後、不遇のまま、長保年中（九九九〜一〇〇四）陸奥で卒去したという。重之の後半生は、『後拾遺和歌集』雑三・九七六に「小一条右大将になづきたてまつるとて、よみてそへて侍ける　源しげゆき／みちのくのあだちのまゆみひくやとてきみにわがみをまかせつるかな」と見えるような猟官運動をしたり、地方官となった佐理や実方に臣従して共に筑紫や奥州へ下向したりというものだった。『拾遺和歌集』以下の勅撰集に六十五首入集。

▼一首　歌仙絵に掲げられる一首としては、「吉野山峰の白雪」（→135頁）、「風をいたみ岩打つ浪の」（→137頁）、または『後拾遺和歌集』夏・二一九に詞書「だいしらず」で入集する「**なつかりのたまえのあしをふみしだきむれゐるとりのたつそらぞなき**」かのいずれか。「夏刈の」は、「玉江の蘆」の「蘆」にかかる枕詞。「玉江」は、越前国の歌枕。「蘆」の名所。玉江の蘆を踏み散らして、群れ集まっている鳥が飛び立つ空が無いことだ。五月雨の続く空をいう。

敏行1

秋きぬとめにはさやかにみえねども　風のおとにぞおどろかれぬる

秋が来たと目にははっきり見えないけれども、風の音に秋の到来が感じられることだ。

『古今和歌集』秋上の巻頭歌として詞書「秋立つ日よめる」で入集。貫之の秀歌撰『新撰和歌』二、公任撰『和漢朗詠集』立秋・二〇六、『俊成三十六人歌合』六一、『定家八代抄』秋上・二六四、後鳥羽院撰『時代不同歌合』四九に採られ、評価の高い一首。秋の到来を、係助詞「ぞ」で強調された「風の音」という聴覚で捉える。状態の発生を表す助動詞「ぬ」が二箇所に用いられ、「立秋」を起点に新しい事態が起こったことを示す。「さやか」は、あざやか、さだか、などと近いが、秋の到来を感知することへの修飾語としてふさわしい語感がある。『余材抄』は「さはやかといふ心なり」という。「おどろく」は、はっとして気づく、の意で一般には解されているが、小島憲之が挙げる漢詩に見える「驚時」「驚春」「驚秋」などの多くの用例を受け、片桐洋一は「「驚く」ポーズの漢詩特有のオーバーな表現を背景としている」（全評釈（上）七四六頁）と漢詩文特有の誇張表現の影響を指摘する。「れ」は自発。

重之1

よしのやまみねのしらゆきむらぎえて　けさはかすみのたちわたるかな

雪深い吉野山でも峰の白雪がむら消えて、立春の今朝は霞が一面に立っているよ。

『拾遺和歌集』春・四に詞書「冷泉院東宮におはしましける時、歌たてまつれとおほせられければ」、第三句「いつきえて」、結句「立ちかはるらむ」の本文で入集。『重之集』二二一に「たちはきのをさ（帯刀長→133頁）みなもとの重之、卅日のひをたまはりて、うた百よみてたてまつらんときはたばん（歌を奉るなら、その時は休暇をくれてやろう）、とおほせられければ、たてまつる春廿、夏廿、秋廿、冬廿、恋十、うらみ十」という詞書で収める所謂「重之百首」の巻頭歌。第二句「みねのしらくも」。「下の「霞」との縁語関係に着目すると、「白雲」本文も捨て難い」（徳原茂実）という。「吉野山」は、雪深い場所を象徴する歌枕。「峰の白雪」はなかなか消えないはずなのに、立春の朝である「今朝」（→115頁）は、いつの間にか消えて春霞の立つ景色に替わっている。「らむ」は原因推量。それに対して『三十六人撰』の本文では、立春の朝の雪の「斑消《むらぎえ》」（→218頁）と霞の空間的な広がりを詠嘆する。1番の題は「歳時」（立秋・立春）。

敏行2

ひさかたのくものうへにてみる菊は　あまつほしとぞあやまたれける

雲の上で見る菊は、天空の星と見誤ってしまうことだ。

『古今和歌集』秋下・二六九に詞書「寛平御時きくの花をよませたまうける」として入集。左注に「この歌は、まだ殿上ゆるされざりける時に、めしあげられてつかうまつれるとなむ」とある。『三十六人歌仙伝』によると敏行は、貞観八年（八六六）少内記、同十三年蔵人、同十五年従五位下、寛平七年（九八五）蔵人頭、同九年近江権守・従五位上、・右兵衛督という経歴で、「寛平御時」に「まだ殿上ゆるされざりける」というのは虚妄である。竹岡正夫は「歌から説話的に導き出された左注であろう」（全評釈・上・二六九頁）という。「久方の」は「雲」にかかる枕詞。「雲の上」は殿上の比喩。「菊」は、中国渡来の草花。キクは音で、訓をもたない。『万葉集』には詠まれず、『懐風藻』に見え、漢詩文を通じて日本に流入する。「星」に喩える例も、平安初期の勅撰漢詩集『経国集』に「葉如雲花似星」（滋野善水）などと見える。「菊の花を詠ませ」る宇多朝は、漢詩文と和歌の一体化が進められた時代であった。「れ」は自発。

重之2

風をいたみいはうつなみの　おのれのみくだけてものをおもふころかな

風が激しいので岩を打つ浪が砕けるように、自分だけが心砕けて物思いするこのごろだよ。

『詞花和歌集』恋上・二一一に詞書「冷泉院春宮と申しける時、百首歌たてまつりけるによめる」として入集。重之1と同じ「重之百首」の一首で「恋十」の一（重之集・三〇三）。公任撰『深窓秘抄』七三、能因撰『玄玄集』三〇、定家撰『百人一首』四八にも採られ、評価の高かった一首。『伊勢集』三八三に初句「風吹けば」で見えるが、「風をいたみ」に比べると「打つ」「砕けて」に続く迫力に欠ける。混入歌群とおぼしき箇所に配列され、他人詠か。『古今和歌集』の「秋の野にみだれてさける花の色のちくさに物を思ふころかな」（恋二・五八三、貫之）などと同じ詠法。『万葉集』の「風緒《かぜを》痛《いたみ》いたぶる浪の間無く吾念《あがおも》ふ君は相念ふらむか」（巻十一・二七三六）という疑問への回答の如き歌。「の」は比喩。「くだけて」は、割れて粉々になる浪飛沫と、あれこれ思い悩む恋心を表す。初・二句は序だが、そのまま恋心を形象化する。「のみ」は限定。排除された内容を味わうべきである。2番の題は「自然」（雲と星、風と浪）。

敏行3

心からはなのしづくにそほちつつ　うくひずとのみとりのなくらむ

自分のせいで花の雫に濡れているのに、どうして「憂く干ず」とばかり鳥は鳴くのだろう。

『古今和歌集』物名の巻頭歌。「物名《もののな》」は、「隠し題」とも呼ばれ、与えられた物の名称を、前後の意味に関係なく、掛詞のように詠み込む遊戯性の高い知的技巧で、平安前期から中期に流行した和歌の詠法。『古今和歌集』巻十と『拾遺和歌集』巻七は、一巻全体を「物名」の部立に当てる。この歌は詞書に「うぐひす」とあるように、「憂く干ず」の箇所に、鳥の名「うぐひす」を隠して「鳥」が「鴬」であることを知らせる。「心から」は、他のせいでなく、自分の心ゆえに。「そほつ」は、ぐっしょり濡れる。「つつ」は、直接的には、春雨のなか鴬が枝移りを繰り返すことを表す反復の接続助詞だが、上の句と下の句を繋ぐと、そこに文脈上、逆接の意味が生じてくる。「うくひずとのみ」は、ただひたすら「嫌なことに、乾かない」とばかり。「鳥のなくらむ」は、『古今和歌集』春下・八四の友則詠「久方のひかりのどけき春の日にしづ心なく花のちるらむ」に同じ。「らむ」は原因推量。3番の題は「雫・露」。

重之3

秋くればたれもいろにぞなりにける　人の心につゆやおくらむ

秋が来ると誰もが色めかしくなったことだ。人の心にも露が置くのだろうか。

『重之集』一五に詞書「四条の后のさうじのゑによめる、をうなのけさうぶみかけるを、ともだちどものみれば」として収める。初句「秋なれば」。「四条の后」は、円融天皇中宮藤原遵子《のぶこ》（九五七～一〇一七）。関白頼忠一女。母は代明親王女厳子《たけこ》女王。天元元年（九七八）入内、弘徽殿女御。同五年中宮。皇子や皇女は生まれず素腹の后と呼ばれた。里邸は四条第（四条南、西洞院東）で、実弟公任夫婦らと住み、四条宮とも称される。「障子」は、寝殿造内部の間仕切りに用いられた現在の襖のような建具。表面には美しく彩色された絵画が施され、その絵に合わせて和歌が詠まれ、その歌を記した色紙を貼った。「をうな」だと若い女ということになり、恋文を書いても「友達ども」がわざわざ見るはずもない。本来は「おうな」（「おみな」の変化した語で、老女の意）か。老婆が恋文を書いている姿だったから「誰も色にぞなりにける」と詠んだのだろう。初句は、第三句・結句両方に係る。木の葉に露が置いて紅葉するのと同様、の意。

宗于《むねゆき》（十二ノ左方）源宗于朝臣

▼**和歌**　「ときはなる」（↓144頁）

▼**装束**

○巻纓《けんえい》の冠を被って緌《おいかけ》を付け、闕腋《けってき》の袍《うえのきぬ》を着て、窠《か》に霰《あられ》文の表袴《うえのはかま》をは佩く。

○矢の入った平胡籙《ひらやなぐい》を背負い、左手に弓を持ち、衛府《えふ》の太刀《たち》を左腰に差して平緒《ひらお》を前に垂らす。

＊鈴木其一筆「三十六歌仙図屏風」のように宗于を武官（右馬頭時代）の姿で描くものもあるが、多くは文官（極官の右京大夫）の姿で、敏行（↓130頁）と誤った可能性もある。

▼**姿態**

○「ときはなる松の緑も春来ればいまひとしほの色まさりけり」と、観察するさまか。

信明《さねあきら》（十二ノ右方）信明朝臣

▼**和歌** 「あたらよの」（↓149頁）

▼**装束**

○萎烏帽子《なええぼし》を被り、木賊《とくさ》地の刈安《かりやす》色の九曜《くよう》文のある狩衣《かりぎぬ》を着る。

○紅の単衣《ひとえ》を下に着て、麻製の白い狩袴《かりばかま》を佩く。

▼**姿態**

○左の手のひらを頬にあて、右膝を立て、左膝に左肘をつき、首は左に大きく傾き、それに伴って烏帽子の先は顔よりも下に垂れる。

○「あたら夜の月と花とを同じくはあはれ（絵巻は「心」）知れらむ人に見せばや」と、思案の態。

＊土佐光起筆「三十六歌仙図色紙貼交屏風」も同じ姿勢である。

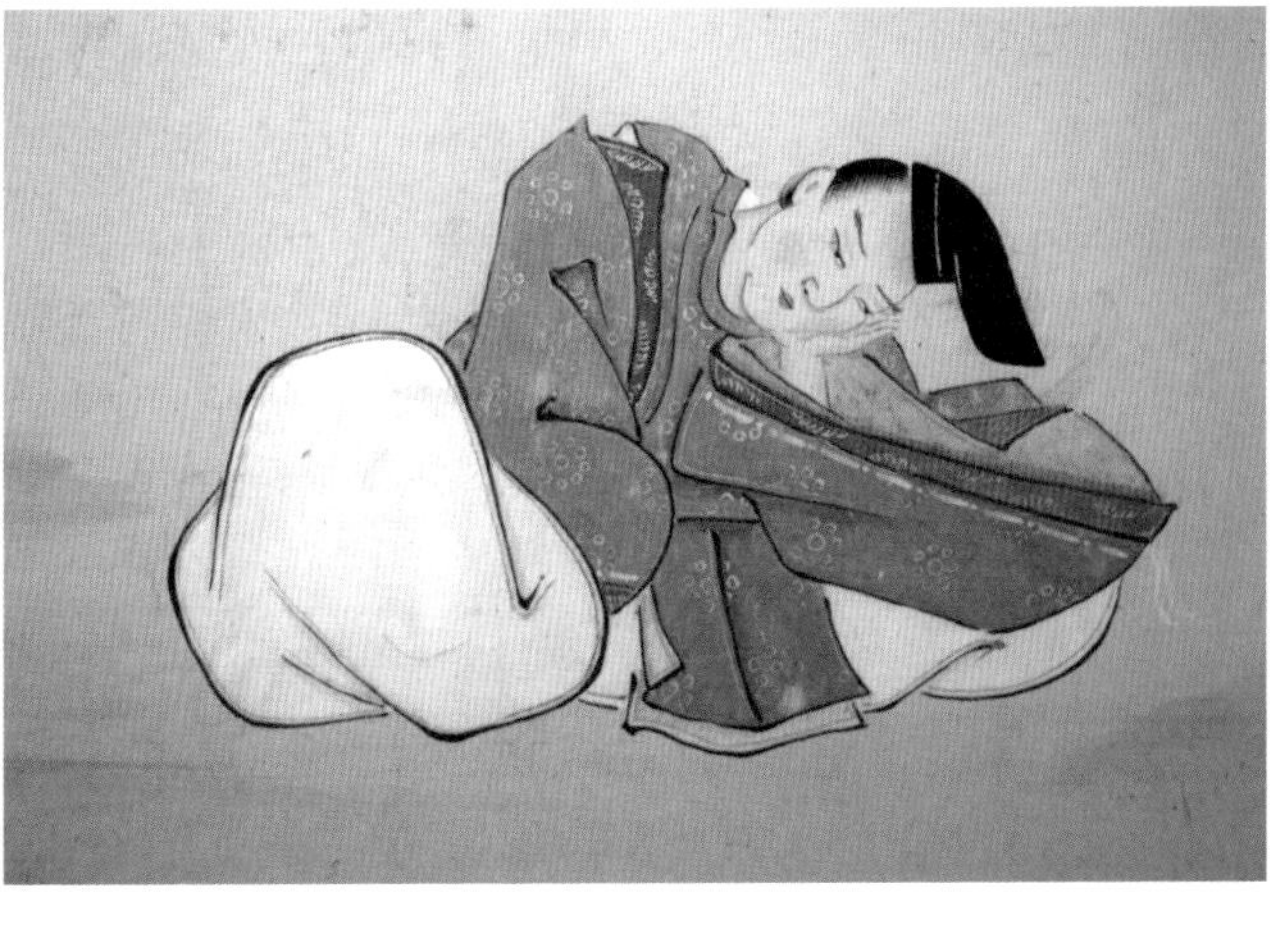

宗于　▼生涯　『尊卑分脈』三ノ三六六頁によると、光孝天皇皇子是忠親王男。『貞信公記』天慶二年（九三九）十一月廿二日「宗于卒」。生年未詳。経歴は、『三十六人歌仙伝』によれば、寛平六年（八九四）従四位下に叙せられて源姓を賜り、以後、同八年丹波権守、同九年従四位上、延喜四年（九〇四）摂津権守、同五年兵部大輔、同八年右馬頭、同十二年三河権守、同十五年相模守、延長三年（九二五）信濃権守、承平二年（九三二）伊勢権守、同三年右京大夫、天慶二年正月七日正四位下に叙せられる。すなわち右京大夫正四位下というのが最終官位である。『大和物語』では「右京大夫」として登場し、「亭子の帝」（宇多天皇）に沈淪を愁訴する和歌を奉るなど、九章段に逸話が見える。『宗于集』には貫之との贈答も見える。家集の伝本としては、時雨亭文庫資経本（三十一首）系統・時雨亭文庫唐紙装飾本（二十三首）系統・歌仙家集本（二十八首）系統・西本願寺本（四十首）系統・書陵部蔵（五一〇・一二）本（三十八首）系統の五系統が確認できる。『二十一代集才子伝』に「和歌の声聞、頗る群を出で」と評され、『寛平御時后宮歌合』など六度の歌合に参加するが、『古今和歌集』に六首、『後撰和歌集』に三首など勅撰集入集は十五首に過ぎない。歌風は比較的平明である。

▼一首　歌仙絵に掲げられる一首としては、「ときはなる松のみどりも春くればいまひとしほのいろまさりけり」（→144頁）か、「山里は冬ぞさびしさまさりける人めもくさもかれぬとおもへば」（→148頁）かのいずれか。

信明　▼**生涯**　父は公忠。群書類従本『三十六人歌仙伝』に「天禄元年（九七〇）卒〈年六十一〉」とある。これに従えば、延喜十年（九一〇）の生まれ。承平七年（九三七）正月、父公忠朝臣が五位蔵人を辞し、蔵人に補せらる（→112頁）。廿八歳の息子のために、四十九歳の父が蔵人の官職を譲ったことになる。その後、右衛門権少尉、式部少丞、大丞を経て、天慶五年（九四二）従五位下に叙せられ、若狭守に任ぜられる。備後守、信濃守、越後守、陸奥守を歴任、安和元年（九六八）従四位下に叙せられる。屏風歌などの晴の歌のみならず、実感のこもった日常詠も多い。敦慶親王と歌人伊勢との間に生まれた中務（→203頁）と恋愛関係にあり、二人の贈答が四十首余の連続した歌群として『信明集』に見える。西本願寺本『信明集』の外題に「のふあきら」とあるが、『尊卑分脈』三ノ三七二頁に「サ子アキラ」とルビが付され、勅撰集の作者名も「さねあきら」（→147・149頁）で、「さねあきら」が正しい。弟に信孝（兼澄父）・信輔（出家して御願寺僧都観教となる）らがいる。『後撰和歌集』以下の勅撰集に廿二首入集。

▼**一首**　歌仙絵に掲げられる一首としては、「恋しさは」（→147頁）か、「あたら夜の」（→149頁）か、または『新古今和歌集』冬・五九一に「題しらず」で入集する「**ほのぼのと有明の月の月影に紅葉吹きおろす山おろしの風**」かのいずれか。ほのぼのと明けゆく空の、有明の月の月の光に照らされた紅葉を、吹き下ろす山颪の風よ。「有明の月の」は、「ほのぼのと」を受け、「月影に」に繋ぐ。「月」「おろす（し）」の繰り返しは、強調のための意図的な技巧。

宗于1

ときはなるまつのみどりも　春くればいまひとしほのいろまさりけり

常緑である松の緑も、春が来ると今ひとしお色が濃くなったように見えるよ。

『古今和歌集』春上・二四に詞書「寛平御時きさいの宮の歌合によめる」として入集。貫之の秀歌撰『新撰和歌』一一、公任撰『深窓秘抄』一〇、『和漢朗詠集』松・四二七。「ときは」は、常に変わらない岩「とこいは」から、永久不変のさま、常緑をいう「ときは」に転じた。常緑樹である松の葉が年中その色を変えないさまを「ときはなる松」というのは、早く『万葉集』に「八千種《くさ》の花はうつろふ等伎波奈流麻都《ときはなるまつ》のさ枝をわれは結ばな」（巻二十・四五〇一、大伴家持）と見え、その緑でさえも、春が来ると…と春の到来を寿ぐ。類推を示す「も」が効いている。「ひとしほ」の「しほ」は、色を染める際に、布を染料などに浸す度数を数えるのに用いる接尾語。「入」という漢字を当て、「ひとしほ」「やしほ」などという。『万葉集』に「くれなゐの也之保《やしほ》の色になりにけるかも」（巻十五・三七〇三）など。「ひとしほ」は、ひときわ、という意の副詞として現代語にも残る。正月一日や立春はすべてが新鮮に見える。「けり」は発見の詠嘆。

信明1

かたきなくおもへるこまに　くらぶればみにそふかげはおくれざりけり

無敵だと思っていた馬に、競走してみると鹿毛の馬は何も後れを取らなかったよ。

『信明集』一三五に詞書「五月のせちにやあらん、だいたしかにしらず」として収める。「にやあらん」「題、確かに知らず」は、家集が自撰ではなく、他撰であることを示す。「五月のせち」は、五月五日の端午の節。この日「駒競《こまくらべ》」（↓127頁）が行われた。「かたきなし」は、対抗馬として並ぶ者がない、という意の形容詞。「くらぶ」は、勝敗を競う。張り合う。「かげ」は、「鹿毛《かげ》」で、鹿の毛のように茶褐色の、たてがみ・尾・四肢の下部が黒い馬。『康保三年（九六六）五月五日下総守順馬毛名歌合』には「左右くらぶる駒のあしはやみ」（廿巻本・二二）などと「くらぶ」の用例や、馬の毛の名「かげ」を「木の下かげ」といかにも歌題風に脚色する試みが見られる。「身に添ふ」も、「影」と同音の「鹿毛」を導く序。我が身に離れず付いてくる「影」ではないけれど「鹿毛」の馬は、走る前は無敵と思われた馬に、競走してみると、まるで「影」のようにピタリと寄り添い「後れ」をとらず早く走ったのだった。1番の題は「節句」。

宗于2

つれもなくなりゆく人のことのはぞ　秋よりさきのもみぢなりける

つれなくなってゆく人の言葉が、秋より前の紅葉だったよ。

底本「ことのはゝ」の「ゝ」に傍記「ぞ」。傍記を採用。『古今和歌集』恋五・七八八に「題しらず」で入集。『古今和歌六帖』六・四〇八七は「紅葉」に部類。紅葉といえば秋のものだが、秋より前の紅葉があった。それは何かというと、つれなくなってゆく男の言葉である。「つれもなく」の「も」は強調。「ことのは」は、言葉のことだが、和歌では、木の葉に掛けて用い、ここは特に、愛を伝えることば。「今はとてわが身時雨にふりぬればことのはさへにうつろひにけり」（古今集・恋五・七八二、小町）などのように、木の葉が紅葉するように、移ろいやすいもの。「AぞBなりける」の「ぞ」は、「は」でなく、「が」で解すべきことを佐伯梅友が説いている。『宗于集』二は、第三句を「ことのはや」、結句を「もみぢなるらん」とする。「年ごとにもみぢばながす竜田河みなとや秋のとまりなるらむ」（古今集・秋下・三一一、貫之）のような「AやBなるらむ」（AがBなのだろうか）型に変更するのである。2番の題は「寄秋恋」。

信明2

こひしさはおなじ心にあらずとも　こよひの月をきみみざらめや

恋しさはあなたと私で同じでなくでも、今宵の月をあなたはきっと私と同様眺めるだろう。

『拾遺和歌集』恋三・七八七に詞書「月あかかりける夜、女の許につかはしける　源さねあきら」として入集。「返し　中務」と続くので「女」は中務。『信明集』一一三の詞書は「女、小野宮にまゐりて候をききつけて、さぶらひにゐて月のあかき夜、人していひやる」。「小野宮」は左大臣実頼（九〇〇～九七〇）の邸。『後撰和歌集』恋五・九五二には、中務が実頼とのつらい恋を嘆く「左大臣につかはしける　中務／有りしだにうかりしものをあかずとていづこにそふるつらさなるらん」（これまでだって辛かったのに、まだ十分じゃないといってあなたは何処に辛い仕打ちを加えるのでしょう）がある。「女、小野宮にまゐりて候」というのは、中務が実頼邸に召人のように迎えられたか（平野由紀子『信明集注釈』）という。信明が「恋しさは同じ心にあらずとも」と詠みはじめる所以である。「見ざらめや」は、見ないだろうか、いや、こんなに美しいのだから見るに違いない、と美意識を共有しようとする。中務の返歌は「さやかにも」（→213頁）。

宗于3

山ざとはふゆぞさびしさまさりける　人めもくさもかれぬとおもへば

山里は冬が寂しさのまさることだ。人の往来も途絶えて草も枯れるようになると思うので。

『古今和歌集』冬・三一五に詞書「冬の歌とてよめる」として入集。『古今和歌六帖』には二・山里・九八三、六・冬・三五七〇の両方に収める。公任撰『和漢朗詠集』山家・五六四、定家撰『百人一首』二八に採る。「山里」は、山の中にある人里、または、平安京郊外、東山・北山・西山の麓に建てた貴族の別荘。平安京内の人間関係の憂さから逃れる「世の中」と隔絶した空間でもあった。「人め」は、人が会いに来ること、人の出入り。「かれ」は「離れ」「枯れ」の掛詞。『万葉集』や『古今和歌集』の「離る」が男女が離れる場合について用いられていることに注目すると、この歌も「恋の心」が感じられ、山里に「世の中を思い憂んじて」籠居した女の立場に立って詠んだものか、という（片桐洋一・全評釈）。たしかに、『是貞親王家歌合』三三の「あきくればむしとともにぞなかれぬるひとも草ばもかれぬと思へば」には、男の「飽き」、夜「離れ」に「泣く」女の恋心が仄見える。3番の題は「人恋しさ」。

信明3

あたら夜の月とはなとを　おなじくはあはれしれらむ人にみせばや

明けるのが惜しい夜の月と花とを、どうせなら風情を解する人に見せたいものだ。

『後撰和歌集』春下・一〇三に詞書「月のおもしろかりける夜、はなを見て　源さねあきら」として入集。「あたら夜」は、空しく過ごしてそのまま明けるのが惜しい、すばらしい夜。形容詞「あたらし」（惜しい）の語幹が「夜」の修飾語となった形。「みじか夜」などと同じ。『万葉集』に「玉くしげ開《あ》けまく惜しき悋夜《あたらよ》を袖《ころもで》かれてひとりかも寝む」（巻九・一六九三）など。「おなじくは」は、同じことなら。どうせ見せるのであれば。形容詞の「…く」形に「は」が付いて仮定を表す。「あはれ知る」は、物の情趣を理解する。「ら」は存続。「む」は仮定・婉曲。「ばや」は希望の終助詞。『行尊大僧正集』一〇八に「をりふせてのちさへにほふやまざくらあはれしれらん人にみせばや」など。『信明集』九九では、『古今和歌集』春上・三八の友則詠「君ならでたれにか見せん梅の花色をもかをもしる人ぞしる」を返歌として配列し物語化する。『俊成三十六人歌合』七〇、後鳥羽院撰『時代不同歌合』一八一も採る信明の名歌。

清正《きよただ》（十三ノ左方）藤原清正

▼**和歌**「天つ風ふけゐの浦に」（↓156頁）

▼**装束**

○萎烏帽子《なええぼし》を被り、鳥の子《とりのこ》色の唐草唐花文の狩衣《かりぎぬ》を着て、青袴《あおばかま》を佩く。

○狩衣の前身《まえみ》と袖の間や袖口から木賊《とくさ》色の有文の単衣《ひとえ》が覗く。

▼**姿態**

○体は右方の源順と対するが、首は左に向け、やや視線を落とす。

○承平四年（九三四）紀伊権介に任ぜられて下向した時、「天つ風ふけゐの浦にゐるたづのなどか雲居にかへらざるべき」と、都の方を振り返り、また帰京できる日を思い、詠むさまか。

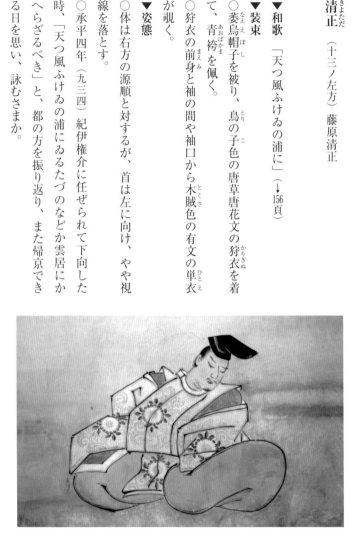

順《したごう》（十三ノ右方）源順

▼和歌　「水の面に」（↓155頁）

▼装束

○萎烏帽子を被り、萱草《かんぞう》色の小菊《こぎく》文の狩衣を着て、麻製の白い狩袴《かりばかま》を佩く。

○狩衣の前身と袖の間や袖口から木賊色の青海《せいがい》波《は》文の単衣が覗く。

▼姿態

○長い顎鬚と口髭をもつ老人の姿で、視線を真っ直ぐ前に向けて端座する。

○「水の面にてる月」の美しさを眺め、「月なみをかぞふればこよひぞ秋のもなかなりける」と、合点するさまか。

清正　**▼生涯**　『三十六人歌仙伝』によれば、中納言兼輔（↓92頁）二男。雅正《まさただ》弟。生年未詳。延長八年（九三〇）従五位下、承平四年（九三四）紀伊権介、天慶五年（九四二）備前権守、同九年（九四六）右兵衛権佐、天暦元年（九四七）蔵人、同三年従五位上、同四年近江介、同九年左近衛少将、同十年紀伊守、天徳二年（九五八）七月卒。なお、天暦「二年正月補蔵人頭」は誤り。『職事補任』には、村上天皇時代の「蔵人頭」に名は見えない。「五位蔵人」に天暦元年十二月廿四日に補せらるとあるのが正しいだろう。朱雀・村上朝に屏風歌を詠む専門歌人として活躍。ただし、還昇《かんじょう》を望んだ清正2「あまつかぜ」の歌は、『忠見集』や『袋草紙』によると、清正が忠見に注文制作させたものという。仲平・敦忠の哀傷歌を詠み、源高明との交渉があった。『後撰和歌集』以下の勅撰集に廿八首入集。『後撰和歌集』恋二・六七六には「きよただが母」が「兼輔朝臣にあひはじめて、つねにしもあはざりけるほどに」詠んだ歌、『拾遺和歌集』恋三・八一七には「藤原きよただがむすめ」が「冬よりひえの山にのぼりて、はるまでおとせぬ人のもとに」届けた「ながめやる山べはいとどかすみつつおぼつかなさのまさる春かな」が見える。『清正集』によると、清正自身も正月に山寺に籠もり、五月に鞍馬寺に詣で、九月に志賀の山越えをし、延暦寺に詣でて詠歌している。

▼一首　歌仙絵に掲げられる一首としては、「ねのびしに」（↓154頁）か、「あまつかぜ」（↓156頁）かのいずれか。

順　**▼生涯**　『尊卑分脈』三ノ六頁によると、嵯峨天皇皇子大納言源定《さだむ》が曾祖父。祖父は、『伊勢物語』三十九段に「天の下の色好み、源の至《いたる》といふ人」として登場する。父は、左馬助挙《こぞる》。「永観元年（九八三）卒〈七十三〉」とあるのによれば、延喜十一年（九一一）生まれ。「シタカフ」とルビがある。承平年中（九三一〜七）廿歳代で母の出仕する勤子《のりこ》内親王のために『和名類聚抄』を編纂した。また、天暦五年（九五一）梨壺の五人のうちに選ばれて『万葉集』の読解や『後撰和歌集』の撰集にあたり、天暦七年（九五三）文章生、同十年（九五六）勘解由判官に任ぜられた（三十六人歌仙伝）。応和元年（九六一）七月十一日四歳の女児、八月六日五歳の男児を続いて失い、『万葉集』の沙弥満誓の「世間を何に譬へむ」（巻三・三五一）に倣い、「無常の思ひ」を連作した（順集一一九〜一二八）。応和二年（九六二）民部少丞、東宮蔵人、同三年（九六三）大丞、康保三年（九六六）従五位下に叙せられ、下総権守に任ぜられ、同四年（九六七）和泉守に任ぜられた。安和二年（九六九）順が「僕夫」（『本朝文粋』巻十・二九六）として仕えていた左大臣源高明《たかあきら》が失脚。以後十年散位のまま。生涯、不遇・沈淪の意識が強い。天延元年（九七三）従五位上、天元二年（九七九）能登守。これが極官。『拾遺和歌集』以下の勅撰集に五十首ほど入集。列挙・集成癖がある個性的な文人・歌人。『古今和歌六帖』の編者の可能性もある。『本朝文粋』などの漢詩文集には六十余首の作品を残す。

▼一首　歌仙絵に掲げられる一首としては、「水の面に」（→155頁）に限られる。

清正1

ねの日しにしめつるのべのひめこまつ　ひかでやちよのかげをまたまし

子の日をするため場所を占めた野辺の姫小松、引かないで八千年後の姿に期待をかけようか。

『清正集』六に詞書「紀のくににて、子日しけるに」として「はかなくや今日のねの日をすぐさましなぐさのはまのまつなかりせば」（五）とともに収める。紀伊守時代（↓152頁）の詠歌。国府は名草郡（現在の和歌山市）に置かれた。「名草の浜」は、紀伊国の歌枕。紀三井寺前の海岸。そこで「子日」が行われたのであろう。「子日」は、正月の最初の子の日に、野に出て小松を引き、若菜を摘み、遊宴して千代を祝う。「し」はサ変動詞「す」の連用形。「に」は動作の目的を示す格助詞。子の日をするために。「しめつる」は、標《しめ》を張って野遊の場所を占めた。「つる」は完了の助動詞。「姫小松」は、子の日に子どもたちが引いて遊ぶ小さい松。「で」は打消接続。「八千代のかげ」は、八千年後の姿。「俟つ」は、よい結果が生じるように、期待して待つ。「まし」は、ためらいの意志。『和漢朗詠集』子日・三三に採る。『新古今和歌集』賀・七〇九に初句「子の日して」として入集。1番の題は「歳時」（子日・十五夜）。

順1

水のおもにてる月なみをかぞふれば　こよひぞ秋のもなかなりける

水面に照る月が素晴らしいので月なみを数えると、今宵がちょうど秋の真ん中だったよ。

『拾遺和歌集』秋・一七一に詞書「屏風に、八月十五夜、池ある家に、人あそびしたる所」として入集。『拾遺抄』秋・一一五。「水のおも」は、水の表面。『古今和歌集』に「水のおもにおふるさ月のうき草の」(雑下・九七六、みつね)など。西本願寺本『順集』二九一は「いけのおもに」。「月なみを数ふ」とは、一年十二か月の暦月が連続しているなかで、今何月かを確認することと。季節の推移や歳月の経過を思う。「なみ」は、水の縁語。「最中」は、真ん中。「いけ水のもなかにいでてあそぶいをのかずさへみゆる秋のよの月」(公忠集・一〇)が歌語としての初出。空間的にも時間的にも用いる。今宵が秋の真ん中だから月も美しいと納得する、理知的な面白さ。公任の秀歌撰『深窓秘抄』四五、『前十五番歌合』二六、『和漢朗詠集』十五夜・二五一。『新勅撰和歌集』の「八月十五夜よみ侍りける／かぞへねど秋のなかばぞしられぬるこよひににたる月しなければ」(秋上・二六〇、登蓮法師)はじめ、西行・定家にも本歌取りがある。

清正2

あまつかぜふけひのうらにゐるたづの　などかくもゐにかへらざるべき

天上の風が吹く吹飯の浦にいる鶴だが、その風に乗ってどうして天上に帰らないことがあろうか。

『清正集』八九に詞書「紀のかみになりて、まだ殿上もせざりしに」として第三句「すむたづの」で収める。西本願寺本『忠見集』一四三にも見え、詞書を「ふぢはらのきよたか（「こ」の誤写）、きのかみになりて、殿上おりてとしごろになりて、小弐命婦にやるに、かはりて」とする。これに従えば忠見（→193頁）の代作。「あまつ風」は、空を吹く風。「ふけ」を導く。「吹飯の浦」は、『万葉集』巻十二・三二〇一に「時つ風吹飯の浜に出で居つつ贖《あか》ふ命は妹がためこそ」と見える和泉国の歌枕（大阪府泉南郡岬町の深日《ふけ》）で「深日《ふけひ》の浦」とも。平安時代に入ると、紀伊国の歌枕「吹上の浜」（和歌山市紀ノ川河口左岸の海岸）と混同されたらしい。「雲居」は、天上と皇居を掛ける。「べき」は運命。天暦十年（九五六）正月、紀伊守に任ぜられた（→152頁）が、再び京に戻される望みを託す。同年十月八日「昇殿」が叶う。公任撰『前十五番歌合』一四、『和漢朗詠集』鶴・四五三に採り、『新古今和歌集』雑下・一七二三に作者「藤原清正」として入集。

順2

ちはやぶるかものかはぎりきるなかにしるきは　すれるころもなりけり

賀茂の川霧が立つなかではっきり見えるのは、祭に供奉する神官の着る青摺の衣だったよ。

底本の第三句「き、なつに」。『順集』に従って「きるなかに」と本文を改める。『順集』一八二に「大納言源朝臣、大饗のところにたつべき四尺屏風、調ぜしむるうた／十一月、賀茂臨時祭みるくるま」として収める。源高明（↓153頁）が「大納言源朝臣」として「大饗」のための「四尺屏風」（江家次第廿・大将饗）の制作を計画したのであれば、康保二年（九六五）四月廿四日右大臣兼左大将顕忠が薨去し、翌月十一日に高明が左大将を兼任した時期か。高明は翌年正月十七日右大臣になる（以上、公卿補任）。「賀茂臨時祭」は、十一月の下の酉の日に行われる賀茂神社の祭礼。「ちはやぶる」は、「賀茂」にかかる枕詞。「きる」は、「霧る」と「着る」の掛詞。「摺れる衣」は、貫之も臨時祭に因んで「右大臣恒佐家屏風に、臨時祭かきたる所に／あしひきの山ゐにすれる衣をば神につかふるしるしとぞ思ふ」（拾遺集・雑秋・一一四九）などと詠む山藍で摺染した「青摺」（政事要略廿八・臨時祭装束）の小忌衣。2番の題は「所」。

清正3

むらながらみゆるにしきは　神な月まだ山風のたたぬなりけり

布地のままに見える一群の錦は、神無月なのにまだ嵐が吹かず紅葉を散らさないのだったよ。

『清正集』四三に詞書「ゑに」、第二句「みゆるもみぢは」。『麗花集』冬・七二に作者「きよただ」。「むら」は、紅葉を喩える「錦」の縁語。衣に仕立てるために「裁つ」前の布地。布二反分。『拾遺和歌集』に「ちりのこりたるもみぢを見侍りて／唐錦枝にひとむらのこれるは秋のかたみをたたぬなりけり」（冬・二二〇、僧正遍昭）と見え、巻物にした布帛を数える単位としても用いた。「疋《ムラ》」（書紀・神功六年三月、熱田本訓）。「群・叢」（こんもりとむらがって葉が繁っているさま）も掛ける。「ながら」は、そのまま。「神無月」は、旧暦十月、初冬。「山風」は、紅葉を散らす「嵐」を暗示する。「たたぬ」は、布地を「裁たぬ」（裁断しない）と風が「立たぬ」（吹かない）とを掛ける。類歌が『古今和歌六帖』に「秋霧のたたずもあらなんあしひきの山の錦をむらながら見ん」（一・きり・六五〇）や『和漢朗詠集』に「むらむらのにしきとぞみるさほやまのははそのもみぢきりたたぬまは」（紅葉・三〇六、清正）など。3番の題は初冬・初夏。

順3

わがやどのかきねや春をへだつらむ　なつきにけりとみゆるうのはな

我が宿の垣根が春を隔てるのだろうか。夏が来たなと見える卯の花よ。

『拾遺和歌集』夏・八〇に詞書「屏風に」として入集。『拾遺抄』夏・五八。『順集』一九一の詞書は「同年十二月、前朱雀院のひめみやの御もぎのれうに、御屏風調ぜさせ給ふ、人々うたたてまつらせ給ふに／四月、卯花さけるところ」。「裳着」は、初めて裳を着ける儀式。結婚前の十二、三歳ごろに、吉日を選んで行う。予め依頼した腰結に裳の腰を結んでもらう。女性の成人儀礼。男性の初冠（元服）に対する。もとは、垂髪を結髪にする「初笄《はつこうがい》」だったが、服装や髪型の変化に伴い、裳着となった。『日本紀略』応和元年（九六一）十二月十七日条に「朱雀天皇第一皇女昌子《まさこ》内親王、承香殿ニ於テ初笄セラル」とある。屏風には、卯の花（ウツギの花）が垣根に白く咲き乱れている情景が描かれていたのだろう。このいかにも夏らしい風景は、垣根が春を向こう側に隔てる機能を果たすから現出するのだろうかと、「らむ」によって原因推量する。「空間的境界である垣根を時間的境界に見立てた斬新な手法」（西山秀人）という。

興風《おきかぜ》（十四ノ左方）藤原興風

▼和歌　「契りけむ」（↓164頁）

▼装束

○萎烏帽子《なええぼし》を被り、縹《はなだ》色の桜文の狩衣《かりぎぬ》を着て、麻製の白い狩袴《かりばかま》を佩く。

○狩衣の前身《まえみ》と袖の間や袖口から紅の無文の単衣《ひとえ》が覗く。

▼姿態

○口髭のある口は溜息をつき、虚ろな表情で物思いに沈む。袖中の右手で頬杖をつく姿。

○「たなばたの年に一度逢ふ」関係を思い、そんな酷な約束を「契りけむ心ぞつらき」と同情するさまか。

元輔《もとすけ》（十四ノ右方）清原元輔

▼和歌　「音なしの」（↓169頁）

▼装束

○萎烏帽子を被り、群青《ぐんじょう》の根引松竹唐草文《ねびきまつたけからくさ》の狩衣を着る。狩衣の前身と袖の間や袖口から紅の無文の単衣が覗く。

○白緑《びゃくろく》の狩袴を佩く。

▼姿態

○右膝を立てて座り、右手で檜扇を担ぐような格好で持ち上げ、視線をやや上に向けるので、烏帽子は後方に折れている。

○「音なしの川とぞつひに流れ出づるいはで物思ふ袖の涙は」と、忍ぶ恋の辛さを思うさまか。

興風　**▼生涯**　生没年未詳。『尊卑分脈』二ノ五四三頁によると、『歌経標式』著者として有名な参議藤原浜成が曾祖父。父は正六位上相模掾道成。『三十六人歌仙伝』によれば、昌泰三年（九〇〇）相模掾、延喜二年（九〇二）治部少丞、同四年上野権大掾、同十四年（九一四）下総大掾。歌人としては、宇多天皇の仰せに従って「み山よりおちくる水の色見てぞ秋は限と思ひしりぬる」（古今集・秋下・三一〇）を献じたり、『寛平御時后宮歌合』に列して「こゑたえずなけやうぐひすひととせにふたたびとだにくべき春かは」（同・春下・一三一）などと詠んだり、と活躍。醍醐朝に入っても昌泰元年（八九八）秋の『女郎花合』において「をるからにわがなはたちぬ女郎花」（後撰集・秋中・二七四）と出詠。延喜十三年三月十三日に行われた『亭子院歌合』に躬恒と並んで「読人」として参加、「やまざとはは るのかすみにとぢられて」（万代和歌集・春上・九七）を詠み、同年十月十三日の『内裏菊合』でも貫之を含む「作者七人」のうちに入り、「ちりはてて花なきときの菊なれば」（続千載集・秋下・五六二）を奉る。興風の歌には「浦ちかくふりくる雪は白浪の末の松山こすかとぞ見る」（古今集・冬・三二六）のように、古歌を踏まえたもの、見立てを用いたものが目立つという（加藤幸一）。『古今和歌集』以下の勅撰集に約四十首入集。『古今和歌集目録』によると弾琴・管弦に秀でていたという。

▼一首　歌仙絵に掲げられる一首としては、「契りけむ」（→164頁）か、「たれをかも」（→166頁）かのいずれか。

元輔 **▼生涯** 『尊卑分脈』四ノ一五七頁によると清原深養父男だが、『清原氏系図』（群書類従）では深養父孫、下野守顕忠子。『三十六人歌仙伝』によれば、深養父孫、従五位下行下総守春光一男。清少納言の父。永祚二年（九九〇）六月卒〈年八十三〉とあるので、延喜八年（九〇八）生まれということになる。天暦五年（九五一）四十四歳で、正月河内権少掾、十月卅日、梨壺の五人の一人として『万葉集』の訓点作業と『後撰和歌集』の編纂の命を受ける。康和三年（九六六）大蔵少丞、同四年十月民部少丞、十二月大丞、安和二年（九六九）九月廿一日、従五位下に叙せられ、十月河内権守に任ぜられる。天延二年（九七四）周防守、天元三年（九八〇）従五位上、寛和二年（九八六）肥後守に至る。屏風歌詠進も多く、明るく当意即妙の詠風。『拾遺和歌集』以下の勅撰集入集は百首に及ぶ。『今昔物語集』巻廿八ノ六には「物可笑シク云テ人笑ハスルヲ役トスル翁」という評判が見える。

▼一首 歌仙絵に掲げられる一首としては、「秋の野の」（↓165頁）か、「音なしの」（↓169頁）か、または『後拾遺和歌集』恋四巻頭歌、詞書「心かはりてはべりけるをむなに、人にかはりて」で入集する「**ちぎりきなかたみにそでをしぼりつつすゑのまつ山なみこさじとは**」かのいずれか。約束しましたよね。お互いに幾度も袖の涙を絞っては、末の松山に波を越させまい、決して心変わりはするまいと。『百人一首』所収歌。『古今和歌集』陸奥歌「君をおきてあだし心をわがもたばすゑの松山浪もこえなむ」（一〇九三）が本歌。

興風1

ちぎりけむ心ぞつらき　たなばたのとしにひとたびあふはあふかは

約束したという心がむごいことだ。七夕の二人のように年に一度逢うのは逢うことではない。

『古今和歌集』秋上・一七八に詞書「おなじ（寛平）御時きさいの宮の歌合のうた　藤原おきかぜ」として入集。『寛平御時后宮歌合』は、春・夏・秋・冬・恋の各廿番四十首、計百番二百首から成るが、この歌は秋（一一七）と恋（一六三）に重複する。「契りけむ心」は、「年に一度逢ふ」ことを約束したという心。「けむ」は、過去の事柄を伝聞したことを表す。「つらし」は、ク活用形容詞なので状態を示すのが基本で、非情であるさま。転じて、他人の冷酷な仕打ちによって起こる、耐え難い苦しみも表す。「たなばたの」は、七夕伝説の織女星と牽牛星（彦星）のように。天の川の両岸に別れて暮らす両星が七夕の夜に川を渡って相逢うという伝説を踏まえる。「の」は比喩。主格とみて「契る」「逢ふ」の主語とする解釈も。「逢ふかは」の「かは」は、反語。逢うことか、いや逢うことではない。貫之の秀歌撰『新撰和歌』二〇、『古今和歌六帖』一・七日の夜・一四三にも。1番の題は「秋」。

元輔1

秋ののはぎのにしきを　わがやどにしかのねながらうつしてしかな

秋の野の萩の錦を、私の宿に鹿の鳴く声とともに根のまま移し植えたいものだ。

『元輔集』二〇に詞書「をののみやのおとど、さが野にいでて侍りしに」、第三句「故郷に」で収める。「小野宮のおとど」は、藤原実頼（九〇〇～七〇）。元輔は、家集によれば、この八歳年上の権門に扈従し、小野宮邸での子日の遊び、桜や藤の花見に列し、月林寺《がつりんじ》の花見にも随行している。『麗花集』秋下・五八の詞書は「をのの宮のおとど、さがのに花みにまかりたりしに」で、嵯峨野に出かけた目的が「花見に」と明確である。『和漢朗詠集』萩・二八五の第三句も「ふるさとは」。「故郷」は、旅先に対して、自宅の謙称。「我が宿」とほぼ同じ。「萩の錦」は、萩が一面に美しく咲いているさまを錦に見立てた表現。歌仙本『貫之集』四五四に「秋の丶の萩のにしきは女郎花たちまじりつ丶をれるなりけり」など。「鹿」は『万葉集』以来「萩」と組み合わせて多く詠まれ、鳴く「声」が情趣あるものとされた。「ね」は「音」（鳴く声）と「根」の掛詞。「根ながら移す」は、所謂「前栽掘り」。「てしかな」は願望の終助詞。

興風2

たれをかもしる人にせむ　たかさごのまつもむかしのともならなくに

いったい誰をこれから知人にしたらよいのか。高砂の松も昔の友ではないのに…。

『古今和歌集』雑上・九〇九に「題しらず」で入集。「誰をかも知る人にせむ」は、誰を知人にすればよいのか。「か」は疑問。反語とする説も。「も」は強調。「知る人」は、お互いの心を知る人。「友」に同じ。「む」は適当。未来に対して、これから…するのがよいと、適当な方途を提示する。意志とする説も。係り結びで連体形。「高砂」は、古今集仮名序に「たかさご、すみの江のまつも、あひおひのやうにおぼえ」とあり、地名「住の江」と並列され、固有名詞。播磨国の歌枕。加古郡高砂。加古川の河口付近で、砂丘が発達していたところから「高砂の尾の上」と詠まれることも多い。本来は、高い砂丘を意味する普通名詞だったが、それが地名として固有名詞化した。「松も」は、千年の寿命をもつ松も。「昔の友ならなくに」は、話し相手になるような昔の友ではないのに…。老残の身は誰を友とすればよいのか、という。貫之撰『新撰和歌』二〇五、公任撰『和漢朗詠集』交友・七四〇にも。2番の題は「離別」。

元輔2

うきながらさすがにもののかなしきは　いまはかぎりとおもふなりけり

嫌だけれどそれでもやはり何となく切ないのは、あなたとはもうこれまでと思うからだったよ。

『元輔集』二二〇に詞書「ときどきまかる女に、こと人まかるとききて」で収める。元輔が時々通っていた女のもとに、他の男が通っていると聞いて、詠んだ歌。「AはBなりけり」型の歌。Aという謎を提示し、Bという解答に気づき、詠嘆する。Aに当たるのが「憂きながらさすがに物のかなしき」。「憂し」は、物事が思いのままにならないことを嘆き、厭う心情。他の男を通わせる女のありかたについていう。「ながら」は逆接の接続助詞。「さすがに」は、そうはいうものの、とそれとは逆のことを認める副詞。「もののかなしき」は、漠然とした「かなしい」気持ち。この「かなし」は、「憂し」と対概念と考えられるので、男女間の切ない愛情だろう。Bに当たる「今は限りと思ふ」は、もうこれでおしまいと思う。実頼の家集『清慎公集』八五にも見え、実頼が「女にかはりて」「ただに忘れよ」と返歌している。『詞花和歌集』恋下・二五六に入集。『後葉和歌集』恋三・三九二、『新古今和歌集』異本歌・二〇〇三にも。

興風3

君こふるなみだのとこにみちぬれば　身をつくしとぞわれはなりぬる

君を恋しく思う涙が寝床に満ちるようになったので、澪標と私はなってしまったことだ。

『古今和歌集』恋二・五六七に詞書「寛平御時きさいの宮の歌合のうた」として入集。「身を尽くし」と「澪標」を掛ける。元良親王（八九〇〜九四三）詠「わびぬれば今はたおなじなにはなる身をつくしてもあはんとぞ思ふ」（後撰集・恋五・九六〇）が有名。下の句は、涙の海に立てられた水路を示す標識（澪標）のように、身を尽くして朽ち折れそうに私はなってしまった、の意。「と」は比喩の格助詞。古今集では、歌末の助動詞には異同がある。二条家の証本とされて流布した貞応二年定家本は「ける」。伊達家旧蔵定家筆本は「ぬる」で、「ぬ」の傍らに朱で「け」と注記する。嘉禄二年定家筆本は「ける」。非定家本では、元永本・伝公任筆本・雅俗山荘本・伏見宮旧蔵伝顕昭筆本・永暦二年俊成本など「ぬる」が優勢。鎌倉中期の書写とされる冷泉家蔵七十四首本『興風集』には重出し、九番歌は「ける」、六四番歌は「ぬる」。『古今和歌六帖』三・みをつくし・一九六一は「いまはなりぬる」。

元輔3

おとなしのたきとぞつひになりにける　いはでものおもふ人のなみだは

音無しの滝のようについになってしまったことだ。口に出さず恋の物思いをする人の涙は。

『拾遺和歌集』恋二・七五〇に詞書「しのびてけさうし侍りける女のもとにつかはしける　もとすけ」、第二・三句は「かはとぞつひに流れける」として入集。『拾遺抄』恋下・三〇八も同じ。『五代集歌枕』一四三三では「滝」に部類されて「おとなしのたき　紀伊」として「おとなしのたきとぞつひになりぬべき」の上の句で見え、左注「或集両本云、オトナシノ河」とある。「川と…流れ」と「滝と…なり」と二系統の本文があることがわかる。『能因歌枕』によれば、「音無の滝」は紀伊国、「音無川」は豊前国だが、『古今和歌六帖』第三・かは・一五五一には「君こふと人しれねばやきのくにのおとなし川のおとにだにもせぬ」という実作もあり、紀伊国には「音無川」もあったことが知られる。「音無川」「音無の滝」と呼ばれる、音も立てず静かに流れる川や、「布引の滝」のように音もせず落ちる滝は、諸国の各地にあったにちがいない。「と」は比喩の格助詞。忍ぶ恋をする人の涙を誇張して詠む。3番の題は「恋ふる涙」。

是則《これのり》（十五ノ左方）坂上是則

▼**和歌**「みよしのゝ」（↓174頁）

▼**装束**

○垂纓《すいえい》の冠を被り、五位相当の緋色の有文（↓能宣と同じ文様）の袍《うえのきぬ》を着て、浮線綾《ふせんりょう》の丸文のある下襲《したがさね》の裾《しり》を一畳みにして引く。

○霰《あられ》文の表袴《うえのはかま》を着し、足首からは赤大口《あかのおおぐち》が見える。襪《しとうず》を佩く束帯《そくたい》姿。

▼**姿態**

○笏頭に右手で持って右足辺りに突き立て、左手は右足の上に置く。体は、右方の元真に対するが、首をやや左に回して視線を落とす。

○「みよしのの山の白雪つもるらし」と雪の名所の吉野山に思いを馳せ、推定するさまか。

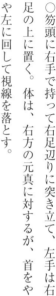

元真《もとざね》（十五ノ右方）藤原元真

▼和歌　「なつくさは」（↓173頁）

▼装束

○萎烏帽子《なええぼし》を被り、若草色の菊の文様を散らした狩衣《かりぎぬ》を着て、麻製の白い狩袴《かりばかま》を佩く。

○狩衣の前身《まえみ》と袖の間や袖口から紅の四菱《よつびし》文の単衣が覗く。

▼姿態

○首はやや前に傾き、視線を下げる結果、烏帽子の先は前に垂れる。

○「夏草はしげりにけりな」と気づいて詠嘆し、「みち行人《ゆき》」が帰路を迷わぬように標として葉先を玉結びにするほどにと、その程度を観察するさまか。

是則　▼**生涯**　『坂上系図』（続群書類従）によると、田村麻呂の子孫、従四位上右馬頭帯刀右近少将好蔭《よしかげ》男。『三十六人歌仙伝』によれば、延喜八年（九〇八）正月大和掾、同八月大和大掾、同十二年少監物、同十五年中監物、同十七年少内記、同廿一年大内記、延長二年（九二四）正月従五位下に叙せられ、加賀介に任ぜられる。貫之や躬恒などの古今集撰者と並ぶほどの歌人と評価されていたらしく、延喜七年九月十日大堰川行幸に供奉して「もみぢ葉のおちてながるる大井河せぜのしがらみかけもとめなん」（続後撰集・冬・四七二）、同十三年三月十三日亭子院歌合に列して「花の色をうつしとどめよ鏡山春よりのちの影や見ゆると」（拾遺集・春・七三）などの和歌を詠進。『古今和歌集』冬・三三二に詞書「やまとのくににまかれりける時に、ゆきのふりけるを見てよめる　坂上これのり」として入集し、『百人一首』にも採られる「あさぼらけありあけの月と見るまでによしののさとにふれるしらゆき」をはじめ、大和国に地縁があったのか、「佐保山のははその色はうすけれど秋は深くもなりにけるかな」（古今集・秋下・二六七）、「もみぢばのながれざりせば竜田河水の秋をばたれかしらまし」（同・三〇二）、「み吉野の」（↓174頁）など大和国に関連した歌が多い。古今集以下の勅撰集に四十三首入集。子に、従五位下石見守大外記望城《もちき》がいる。望城は、是則の子というだけで『後撰和歌集』の撰者、梨壺の五人の一人に選ばれたという（八雲御抄）。

▼**一首**　歌仙絵に掲げられる一首としては、「み吉野の」（↓174頁）に限られる。

元真　▼**生涯**　『尊卑分脈』二ノ四四一頁によると、従五位下甲斐守藤原清邦男。母は従四位下陸奥守按察使藤原富士麿女（敏行と兄弟↓132頁）。歌才は母方から受け継いだか。生没年未詳。官歴は、『三十六人歌仙伝』によれば、承平五年（九三五）加賀掾、天慶三年（九四〇）玄蕃允、同八年大允、天暦六年（九五二）修理少進、天徳五年（九六一）従五位下、康保三年（九六六）丹波介。家集によると、天徳元年（九五七）四月廿二日右大臣藤原師輔の五十賀に際して屏風歌を奉り、天暦十年（九五六）五月廿九日宣耀殿御息所芳子瞿麦合、天徳三年（九五九）八月或所前栽合、天徳三年（九五九）九月十八日庚申中宮女房歌合、同四年三月卅日内裏歌合に出詠するなど、後撰集時代を中心に活躍した有力歌人であった。しかし、後撰集や拾遺集には歌が採られていない。『後拾遺和歌集』以下の勅撰集に廿八首入集。

▼**一首**　歌仙絵に掲げられる一首としては、「年毎の」（↓175頁）か、『新古今和歌集』夏・一八八に詞書「題しらず」で入集する「**夏草はしげりにけりな玉桙のみち行人もむすぶばかりに**」か、または『元真集』八九に詞書「おなじ歳（天徳三年）二月三日内裏の御歌合、方々のをよめる／左、うのはな」で収める「**さきにけりわがやま里のうの花はかきねにきえぬ雪と見るまで**」かのいずれか。咲いたことだ。我が山里の卯の花は、垣根に、消えない雪と見えるまでに。俊成が撰んだ元真の三首は、この卯の花詠と、「あら玉のとしをおくりてふる雪にはるともみえぬけふのそらかな」「恋しさのわすられぬべきものならばなにかはいけるの身をもうらみむ」。

是則1

みよしのの山のしらゆきつもるらし　ふるさとさむくなりまさるなり

み吉野の山の白雪は積もっているらしい。旧都がいっそう寒く感じられるようになったよ。

『古今和歌集』冬・三二五に詞書「ならの京にまかれりける時に、やどれりける所にてよめる坂上これのり」として入集。「奈良の京」は「ふるさと」に該当する。旧都の寒さがいっそう厳しく感じられるようになったことを根拠にして、雪の名所として知られる吉野の山に思いを馳せ、白雪が降り積もっているらしいと推定する。「み」は美称。「吉野の山」は、平安末期に西行が籠もって多くの桜の歌を詠んでからは山桜の名所となるが、それ以前は雪深い山というイメージで和歌に詠まれる歌枕。「らし」は根拠が明示される推定。「なり」は、語源として音や声の意味をもつ語根「ね」あるいは「な」に「あり」の付いたものとされるように、本来は聴覚による推量を表す助動詞と考えられるが、聴覚以外にも広く感覚的に捉えられた現象を表現する場合にも用いられる。『古今和歌六帖』一・しはす・二二九。『如意宝集』一三、『金玉集』三八、『和漢朗詠集』雪・三八二。『深窓秘抄』六〇の初句「すみよしの」は誤写。

元真1

としごとのはるのわかれを　あはれとも人におくるる人ぞしりける

年毎の春の別れの悲しさを、ああ今年もと人に先をこされて後に残される私こそが知ることだ。

『元真集』一九一。『金玉集』雑・六七に詞書「蔵人所にてせんしける　藤原もとざね」として収める。「餞」は、旅立つ人を送る別れの宴。餞別。蔵人だった人物が国司に任命され、地方に下向する送別の宴か。「年毎の春の別れ」は、毎年春に行われる県召《あがためし》の除目《じもく》で、外官《げかん》（国司などの地方官）に任命された人々が、都人と別れ、それぞれの任国へ旅立つこと。「あはれとも」は、身にしみて実に悲しいことだ、と。「も」は強調。「あはれともいふべき人はおもほえで身のいたづらに成りぬべきかな」（拾遺集・恋五・九五〇、一条摂政）など。「人に後るる人」は、人に先をこされ、後に残される人。毎年の春の除目に漏れて任官できず、人に後れをとり、都に残る自分こそ、都を離れる人の悲しみ以上に、身にしみてよく知っている。「春の別れ」に行く春との別れを匂わせ、「人に後るる」に哀傷の気分を響かせる。『深窓秘抄』八九、『前十五番歌合』一八。『和漢朗詠集』餞別・六三九は初句「としごとに」。1番の題は「ふるさと」。

是則2

やまがつと人はいへども　ほととぎすまつはつこゑはわれのみぞきく

山賤と都人は私を言うけれども、皆が待つホトトギスの初声は私が先に独占して聞くことだ。

『拾遺和歌集』夏・一〇三に詞書「女四のみこの家歌合に」として入集。『拾遺抄』夏・六三。「女四のみこ」は、醍醐天皇第四皇女勤子《のりこ》内親王。「やまがつ」は、木樵り・炭焼など山中に生活する、身分が低く、情趣や条理を解さないとされた人。『伊勢集』一六に「ふみおこすれど、かへりごともせねば／山がつはいへどもかひもなかりけり山びこそらに我がこたへせよ」など。「まつ」は、「待つ」（「初声」に係る）と「まづ」（「聞く」に係る副詞）の掛詞。「まづ」は、他の者より先んじて、最初に。「初声」は、その季節になって初めて鳴く鳥の声。特にホトトギスの初音は、『万葉集』巻十・一九三九「霍公鳥汝が始音《はつこゑ》は吾にもが」のように万葉以来、皆に待たれ、皆が真っ先に聞きたいと願った。『古今和歌集』夏・一三八「まだしき程の声を聞かばや」など。私のことを山人といって都の人は蔑むけれども、と初句・第二句で前置きし、皆が待つホトトギスの初声を、誰よりも私が最初に聞くと優越感を詠む。「のみ」は強調。

元真2

人ならばまてといふべきを　ほととぎすまだふたこゑをなかでゆくらむ

人ならば待てと命令できるのに…。郭公はまだ二声も鳴かないのに何故飛び去るのだろう。

『天徳四年内裏歌合』に歌題「郭公」で右歌として出詠された元真の歌。第二句「まててふべきを」、下の句「ふたこゑとだにきかですぎぬる」。番えられた左歌は、忠見の「さよふけてねざめざりせばほととぎす人づてにこそきくべかりけれ」(↓197頁)であった。左大臣実頼の判詞は「いづれもおなじほどのうたなれば、持にぞ定め申す」と引き分けにしたが、後世、遙かに左歌が秀歌だとして、実頼の判定が非難されている(和歌童蒙抄)。「人ならば」は、人でないものに対して、もし人だったらと仮定する。「あかずして過行く春の人ならばとくかへりことといはましものを」(寛平御時后宮歌合・三四)など。「待てといふべきを」の「といふ」が約まって「てふ」となる。「べき」は可能。「を」は逆接。ホトトギスは人間ではなく鳥なので言葉が通じず、「待て」と言ってこちらの気持ちを伝えることはできない。副詞「まだ」は、打消接続の接続助詞「で」と呼応する。まだ…ないのに。「らむ」は原因推量。2番の題は「郭公」。

是則3

ふかみどりときはのまつのかげにゐて　うつろふはなをよそにこそみれ

深緑の常緑の松の木蔭にいて、色褪せる花を余所事のように見ることだ。

『後撰和歌集』春上・四二に詞書「松のもとに、これかれ侍りて、花をみやりて」として入集。松の木の下に、人々がいて、離れたところに植えられている花を見やっている情景は、屏風絵の図柄かという（岩波新古典文学大系）。「常盤」は、常緑樹の葉が年中その色を変えないさま（↓144頁）。『万葉集』に「八千種《くさ》の花はうつろふ等伎波《ときは》なる松のさ枝をわれは結ばな」（巻二十・四五〇一、大伴家持）と同様、「移ろふ花」との対比で、常緑の松を讃える。「蔭」は、木蔭に、庇護の意を掛ける。「蔭にゐて」は、恩恵を受けながら。「移ろふ」は、花が散るの意で、淪落を寓する。「よそに見る」は、余所事のように見る。係助詞「こそ」によって、零落・沈淪とは無関係であることを強調する。庇護者を松に見立てて謝意をこめる。『古今和歌六帖』六・まつ・四一〇九。『三十人撰』九五「佐保山（↓172頁）のははその色はうすけれど」（古今集・秋下・二六七）から変更した一首。3番の題は、対比（松と花、「消え」と「生ける」）。

君こふとかつはきえつつふるほどを　かくてもいけるみとやみるらむ

君に恋して既に死にそうな状態で過ごす私を、それでも人は生きている身と見ているだろうか。

底本とした書陵部本（五〇一・一九）は結句が「みとやなるらむ」だが、「な（奈）」は「み（美）」の誤写とみて改める。根拠は、『天徳四年内裏歌合』十九番に歌題「恋」で右歌として出詠された本歌、『麗花集』恋・九一、『後拾遺和歌集』恋四・八〇七、さらに『元真集』の西本願寺本・御所本・歌仙歌集本すべて結句が「みとやみるらん」とあることによる。歌合では、第三句を「ふるものを」とし、朝忠の「あふことのたえてしなくはなかなかに人をもみをもうらみざらまし」（→99頁）を左歌として番える。実頼の判詞は「左右歌、いとをかし、されど、左のうたは、ことばきよげなりとて、以左為勝」。「君恋ふと」の「と」は、とき、ほど、うち、などの意の形式名詞。下文との関係で「君恋ふとて」あるいは「君恋ひて」と同じになる。「君こふと涙にぬるるわが袖と秋のもみぢといづれまされり」（後撰集・秋下・四二七、源とものふ）など。副詞「かつは」は、既に。「つつ」は反復。「ほど」は有様。「消え」と「生ける」を対比。

小大君《こおおいぎみ》（十六ノ左方）三条院女蔵人左近

▼和歌　「岩橋の」（→184頁）

▼装束

○紅袴の上に、萌木《もえぎ》の菱文の単衣《ひとえ》、紅の匂いの五衣《いつつぎぬ》、刈安《かりやす》色の有文の表着《うわぎ》を着る。

○白地根引松《ねびきまつ》文の裳を着け、霰《あられ》文の引腰《ひきごし》を長く垂らす。裳の上に白地観世水《かんぜみず》文の唐衣《からぎぬ》を着る。唐衣の襟も霰文である。

▼姿態

○背を向け、長い髪を唐衣の髪置《かみおき》から裳へ靡かせる。髪の下がり端が顔の両側から見え、単衣の袖中の右手が涙を拭うか、顔を隠すかといった位置にある。

○「岩橋の」と歌を詠み、男に顔を見られまいとする。

＊佐竹本三十六歌仙絵の小町に近い。

仲文《なかぶみ》（十六ノ右方）藤原仲文

▼**和歌**　「有明の」（↓185頁）

▼**装束**

○萎烏帽子《なええぼし》を被り、梔子《くちなし》色の秋草《あきくさ》文の狩衣《かりぎぬ》を着て、麻製の白い狩袴《かりばかま》を佩く。

○狩衣の前身《まえみ》と袖の間から木賊《とくさ》の牛蒡《ごぼう》縞の単衣《ひとえ》が覗く。

▼**姿態**

○身体は左方の小大君に対するが、首は右に回して視線をやや下に落とす。

○「有明の月のひかりを待つほどにわがよのいたくふけにけるかな」と、恩寵を待つうち卑官のまま老年を迎えた我が身を嘆くさまか。

小大君　**▼生涯**　生没年及び出自未詳。呼称も「こおいぎみ」「こおおぎみ」「こだいのきみ」いずれか確定し得ない。『三十六人歌仙伝』には一行「三条院儲闈時女蔵人《にょくろうど》。称名左近云々」とあるだけである。『小大君集』によれば、天暦五年（九五一）生まれの朝光《あさみつ》と長年にわたり恋愛関係にあり、天禄四年（九七三）兼通女媓子《てるこ》の入内に際して出仕、媓子の弟朝光に見初められたらしい。寛和二年（九八六）東宮となった居貞《おきさだ》親王（後の三条天皇）に、正暦元年（九九〇）頃、東宮女蔵人として出仕。実方や道信と出会う。『拾遺和歌集』以下の勅撰集に廿一首入集。

▼一首　歌仙絵に掲げられる一首としては、「岩橋の」（→184頁）か、『小大君集』八二に詞書「かねもりが大井にてよめりし」で収める「**おほゐがはそまやまかぜのさむければいはうつなみをゆきかとぞ見る**」かのいずれか。「おほゐがは」詠は、『新拾遺和歌集』冬・六六九に詞書「平兼盛が大井の家にて、冬歌よみ侍りけるに　三条院女蔵人左近」として入集している。『小大君集』の「かねもりが」の「が」は主格と解されるが、『新拾遺和歌集』の「平兼盛が」の「が」は連体格で、小大君の詠歌という理解もあったことが知られる。大堰川では、杣山から吹き下ろす風が寒いので、岩に砕け散る波を雪かと思って見ることだ、と詠む。よく似た歌が『順集』に「永観元年（九八三）、一条の藤大納言のいへに、寝殿の障子に国々の名ある所を、ゑにかけるに、つくるうた」として「大井川そまにあき風さむければたつ岩浪も雪とこそ見れ」（二六一）と見える。俊成が小大君2「たなばたに」に替えて小大君の三首に採った歌。

仲文　▼生涯　『尊卑分脈』二ノ五二八頁によると、正四下参議太宰大弐藤原興範孫、従五上常陸介信濃守公葛二男。祖父興範は、『後撰和歌集』雑三・一二一九詞書に檜垣嫗との交流が見える。『拾芥抄』上・和歌家部・歌人三十六人に「藤原仲文〈伊賀守、五位、正暦三（九九二年）二月卒、七十〉」とあり、これに従うと延喜廿三年（九二三）生まれ。『三十六人歌仙伝』によって官歴をみると、天暦年間に東宮蔵人、天徳二年（九五八）内匠助、康保四年（九六七）五月廿五日冷泉天皇が践祚して蔵人に補せらる。十月十一日従五位下、加賀権守、同五年（九六八）加賀守、天禄四年（九七三）従五位上、貞元二年（九七七）正月上野介、八月二日正五位下。続いて「三年二月卒〈七十二〉」とあるが、貞元三年ではなく、「正暦」が欠脱したと考えられる。『拾芥抄』の割注に見える極官「伊賀守」は不審。歌仙伝の「七十二」を採用すると、生年は一年早くなる。『尊卑分脈』の肩書は「下野守」。歌仙伝はこれも欠脱するか。三条太政大臣藤原頼忠のもとに出入りし、頼忠男である公任にその歌才を高く評価された。『拾遺和歌集』以下の勅撰集に八首入集。家集『仲文集』には、女房たちとの即興的・会話的・社交的な贈答が多く残されている。

▼一首　歌仙絵に掲げられるのは、「有明の」（↓185頁）か、「おもひしる」（↓189頁）かのいずれか。俊成は、仲文の三首のうち、「ながれてと」（↓187頁）を「こけむせるくち木のそまの杣人をいかなるくれに思ひ出づらむ」（新古今集・恋五・一三九八、初句「花さかぬ」）に差し替えた。

小大君1

いはばしのよるのちぎりもたえぬべし　あくるわびしきかづらきの神

岩橋のように夜の約束も絶えるにちがいない。私は夜が明けるのがつらい葛城の神だから。

『拾遺和歌集』雑賀・一二〇一に詞書「大納言朝光、下らふに侍りける時、女のもとにしのびてまかりて、あか月にかへらじといひければ　春宮女蔵人左近」として入集。『拾遺抄』雑上・四六九。朝光（九五一〜九五）が参議となるのが天延二年（九七四）四月十日、廿四歳。その前年に、朝光の同母姉媓子が入内し、まもなく小大君を見初めた頃のことらしい。「岩橋」は、昔、役行者が、奈良の葛城山の一言主神に命じて、葛城山から吉野の金峯山に架け渡そうとした伝説上の久米の岩橋。夜が明けてしまって工事が完成しなかったと伝えられるところから、男女の契りが成就しないことの喩え。「の」は比喩。「明くるわびしき」は、葛城の神のように醜い容貌の私は、明るくなって私の顔がよく見えたら、あなたはきっと私を捨てるに違いないから、夜が明けるのがつらいという。『小大君集』一二、『金玉集』六四の詞書は「しのびたるをとこの、あるまじく、いでざりければ　小大君」。『前十五番歌合』一二は斎宮女御1と番える。

仲文1

ありあけの月のひかりをまつほどに　わがよのいたくふけにけるかな

有明の月の光を待つ間に、夜が更けて私もひどく老けてしまったことだよ。

『拾遺和歌集』雑上・四三六に詞書「冷泉院の東宮におはしましける時、月をまつ心のうた、をのこどものよみ侍りけるに」として入集。冷泉天皇となる憲平《のりひら》親王の東宮時代は、天暦四年（九四〇）七月廿三日から康保四年（九六七）五月廿五日までの十七年間。一歳から十八歳までである。仲文は、延喜廿二年（九二二）生まれとすれば、廿九歳から四十六歳までの間。東宮蔵人であった仲文（↓183頁）が殿上人たちと「月を待つ心」を詠む。有明の月の出を待つ間に夜が更けてしまったという表面上の意味の背後に、どんな心情を酌みとるか。「わがよ」と「わが」が付くことで、「夜」と「世」、「更け」と「老け」の掛詞となって、年老いた自分を嘆くのは明らか。「光」を王権の表象として東宮の恩寵とみる説や、東宮の即位を待つ心とみる説があるが、歌語による限り、恩寵を暗示するのは「月の光」ではなく「日の光」であり、「有明の月」を「待つ」のは女の立場で男の不実を怨む恋歌とみるのが妥当。1番の題は「嘆き」。

小大君2

たなばたにかしつとおもひしあふことを　そのよなきなのたちにけるかな

織女に貸したと思った逢う事なのに、その七夕の夜に無き名が立ってしまったことよ。

『小大君集』八八に詞書「藤大納言の少将におはせしをりに、女御の御かたに、たなばたまつりしたる所にきて、ものいはんとありしかば、すのもとにて、なにかといひておはしにけるを、そのよなんいそぎ給へりけり（西本願寺本「それよりいりたりけり」）、と人々きき給ひけりとて、あしたに、よろづのちか事をふみにかきて、人みせよ、とおぼしくてあり」として収める。朝光が少将で、姉媓子が女御の「七夕」は、天禄四年（九七三）しかなく、正確には七月一日に皇后となっている。「貸しつ」は、七夕の朝に木や竿に糸を引きめぐらして、織女に機を織るのに使うために糸を貸すところから、七夕の歌には「貸す」が多用される。公任も「わが恋はたなばたつめにかしつれど猶ただならぬここちこそすれ」（公任集・三一一）と詠む。「を」は逆接。『千載和歌集』恋三・七八四に詞書「ふづきのなぬかの夜、大納言朝光ものいひ侍りけるを、又の日、心あるさまに人のいひ侍りければ、つかはしける　小大君」として入集。

仲文2

ながれてとたのめしことは　ゆくすゑのなみだのうへをいふにざりける

生きながらえてまた逢おうと期待させていた言葉は、将来涙が流れるということだったよ。

『仲文集』冒頭歌に詞書「懸想じ侍りける女の、契りて侍りけるが、亡くなりにければ、いと悲しくて、女のはらからのもとへ、いひやりける」、第二・三句「契りしことはゆくさきの」で収める。『金玉集』雑・七一の詞書は「あひしれりける女の、田舎へ行きたりけるほどに、亡くなりにければ、帰り来て、聞きければ、その姉のもとに、いひつかはしける」、下の句は「涙の川をいふにぞありける」。状況を総合すると、仲文には、思いをかけていた女で、将来を約束していた女がいたが、仲文が国司として地方に下向していた間に亡くなってしまった。女の死を帰京後に聞いて、たいそう悲しくて、女の同母姉に届けた歌ということになる。「AはBにぞありける」型の和歌。「ぞあり」が約まり「ざり」。「ながれてと」は、生きながらえて（また逢おう）と、の意。涙の縁語。「流れてとだにたのまれぬ身は」（古今集・恋五・八二七、友則）など。「たのめ」は、男が女に約束しあてにさせる。「うへ」は事情。2番の題は「恋」。

小大君3

かぎりなくとくとはすれど　あしひきのやまゐのみづはなほぞこほれる

限りなく早くと摺るけれど、山井の水は依然凍っていて作業は滞っていることだ。

底本「さとかは」に傍記「あしひき」。傍記を採用する。『拾遺抄』雑上・四二七に詞書「祭のつかひにまかでける人のもとより、すりばかますりにつかはしけるを、おそしといたうせめ侍ければ　東宮女蔵人左近」と見え、『拾遺和歌集』雑秋・一一四七にも。『小大君集』一〇には詞書「源宰相左兵衛督（西本願寺本「源式部宰相右兵衛督」源俊賢か）、にはかに、をみにさされて、そのあをずりを、あしたのまにせめられて、山ゐをかさぬるに、こほりのつきたれば」、初句「かくばかり」で収める。第三句は、底本以外すべて「あしひきの」。「祭の使」は、「なほぞ凍れる」の「なほ」に注目すれば、四月の賀茂祭の勅使。四月で氷はすっかり溶けているはずだが、山井の水は依然として凍っているという。「摺袴《すりばかま》」は、祭の使が着用する、白い麻地に山藍《やまゐ》で「青《あお》摺《すり》」と呼ぶ文様が摺りつけられた袴。「疾く」と「解く」、「摺れ」と「すれ」（サ変動詞）、「山藍」と「山井」の掛詞。「解く」と「凍る」を対比し、「摺れど」滞る作業を詠む。

仲文3

おもひしる人にみせばや　よもすがらわがとこなつにおきゐたるつゆ

物をよく知る人に見せたいものだ。一晩中寝床で起きている私のナデシコの露のような涙を。

『仲文集』一六に詞書「三条の大臣殿にて、ゐちごに物いひて、あくるまであるに、なでしこのつゆなどおきたるあふぎを、これみたまへとて、さしいでたれば」として収める。三条太政大臣藤原頼忠邸で、越後という女房と親しく言葉をかわして、夜が明けるまでいたところ、露などが置いたナデシコの（絵を描いた）扇を、「これを御覧ください」と言って、越後が御簾の内から差し出したので仲文が詠んだ歌という。「思ひ知る」は、物事の情理を弁え知る。「ばや」は希望。「とこなつ」はナデシコの古名。「床」を掛け、ナデシコに「露」が「置きゐたる」文脈に、露が暗示する涙を流して「よもすがら」「わが」寝床で「起きゐたる」文脈を重ねる。『拾遺和歌集』恋三・八三一に詞書「廉義公（頼忠の諡）家の障子のゐに、なでしこおひたる家の心ぼそげなるを　清原元輔」として入集。『拾遺抄』には見えない。『拾遺和歌集』に入集する際に、頼忠家の障子絵歌を多く詠む元輔の歌と撰者が誤解したか。3番の題は「水・露」。

能宣《よしのぶ》（十七ノ左方）大中臣能宣朝臣

▼**和歌**「ちとせまで」（↓194頁）

▼**装束**

○垂纓《すいえい》の冠を被り、有文（↓是則と同じ文様）の縫腋《ほうえき》の黒袍を着る。

○霰《あられ》文の表袴《うえのはかま》に襪《しとうず》を佩き、浮線綾《ふせんりょう》の丸文のある下襲《したがさね》の裾《しり》を一畳みにして引く。

▼**姿態**

○笏《しゃく》を右手に持ち、やや下方へ真っ直ぐ視線をやる。

○視線の先には、子の日の遊びをし、野辺で小松を引く光景があり、「千歳まで限れる松も今日よりは君に引かれて万世を経む」と寿ぐさまか。

忠見《ただみ》（十七ノ右方）壬生忠見

▼和歌　「恋すてふ」（↓193頁）

▼装束

○萎烏帽子《なええぼし》を被り、麻製の白い狩袴《かりばかま》を佩く。

○白い袖括《そでくくり》のある群青《ぐんじょう》の無文の狩衣《かりぎぬ》を着る。

○狩衣の前身《まえみ》と両袖の間から紅の単衣《ひとえ》が覗く。

▼姿態

○蝙蝠《かわほり》を右手に持ち、左手は左足の上に置く。

○指貫から素足を出し、視線をやや下方へ真っ直ぐやる。

○「恋すてふわが名はまだき立ちにけり人しれずこそ思ひそめしか」と自信作を詠み、左方の能宣に対する。あるいは、天徳四年内裏歌合の場で、平兼盛と対するさまか。

能宣　▼生涯　『三十六人歌仙伝』に「正暦二年（九九一）卒〈年七十一〉」とあるのに従えば延喜廿一年（九二一）生まれ。『中臣氏系図』によれば、父は大中臣頼基（↓123頁）。子に輔親《すけちか》がいる。官歴は「蔵人所衆」から見える。以後、歌仙伝によれば、天暦五年（九五一）讃岐権掾、天徳二年（九五八）神祇少祐、同四年大祐、応和二年（九六二）権少副、安和元年（九六八）少副、天禄元年（九七〇）従五位下、同三年大副、天延二年（九七四）従五位上、貞元二年（九七七）正五位下、永観二年（九八四）十月十一日従四位下〈御即位祈祭主〉、寛和元年（九八五）十一月廿日従四位上〈花山朝大嘗会祭主〉、同二年十月十八日正四位下〈一条朝大嘗会祭主〉。『二所太神宮例文』第八・祭主次第には「天禄三年（九七二）四月十日任」「在任廿年」とある。梨壺の五人の一人として『万葉集』の解読、『後撰和歌集』の撰進にあたる。村上・冷泉・円融・花山・一条朝にわたって活躍した重代の歌人で、歌風は、巧みな連想と軽妙な機知を特色とする。『拾遺和歌集』以下の勅撰集に百二十四首入集。

▼一首　歌仙絵に掲げられる一首としては、「ちとせまで」（↓194頁）か、『詞花和歌集』恋上・二二五に詞書「題不知　大中臣能宣朝臣」で入集する「**みかきもりゑじのたくひのよるはもえひるはきえつつものをこそおもへ**」かのいずれか。内裏の御垣を守る衛士の焚く火のように、夜は燃え、昼は消えることを繰り返し、恋の物思いをすることだ、と詠む。俊成が忠見3「焼かずとも」と合わせるために差し替え、さらに定家が『百人一首』に採った歌。

忠見　▼**生涯**　『三十六人歌仙伝』の「摂津大目壬生忠見」の割注に「右衛門府生忠峯ノ男」とある。さらに異本は「字、名多」「見ノ字、実ノ字ニ作ル」と続き、忠見には、「なた」という幼名・別称があり、「忠実」という表記も多くあったことも知られる。たしかに、天暦七年（九五三）十月廿八日の「内裏菊合」には「なた」の名で「千歳経る霜の鶴をばおきながら菊の花こそひさしかりけれ」（忠見集・一一六）を詠進している。卑官で貧しく、「年を経てひびきの灘に沈む船波のよするを待つにぞ有りける」（袋草紙・一一七、忠見）と自分の名前「なた」を詠み込んで沈淪を愁訴する歌を詠んでいる。多くの屏風歌・歌合に召された。『後撰和歌集』以下の勅撰集に三十五首入集。天徳四年（九六〇）内裏歌合に出詠した「こひすてふわが名はまだき立ちにけり人しれずこそ思ひそめしか」（拾遺集・恋一巻頭歌）をめぐる説話は有名。『沙石集』巻五末には「歌ゆゑに命を失ふ事」として兼盛（↓202頁）に負け、落胆の末、病没したとある。

▼**一首**　歌仙絵に掲げられる一首としては、「焼かずとも」（↓199頁）か、『拾遺和歌集』恋一の巻頭歌に詞書「天暦御時歌合」で入集する「**こひすてふわが名はまだき立ちにけり人しれずこそ思ひそめしか**」か、または『拾遺和歌集』夏・一一三に詞書「天暦御時御屏風に、よどのわたりする人かける所に」で入集する「**いづ方になきてゆくらむ郭公よどのわたりのまだよぶかきに**」かのいずれか。どの方角に鳴いて飛んでゆくのだろう、ホトトギスは。淀の渡し場の辺りは、まだ夜深いのに、と詠む。俊成は、右の三首を忠見三首とした。

能宣1

ちとせまでかぎれるまつも　けふよりは君にひかれてよろづよやへむ

千歳までと寿命が定まっている松も、今日からは君に引かれて万世を経ることになるのだろうか。

『拾遺和歌集』春・二四に詞書「入道式部卿のみこの、子の日し侍りける所に　大中臣よしのぶ」として入集。「入道式部卿のみこ」は、宇多天皇第八皇子敦実《あつみ》親王。『能宣集』によると、この時は「二月子日」で、褒美に「宮の御ぞ」を賜っている。「千歳まで限れる松」は、千年までと寿命が定められている松（→33頁）。「君に引かれて」は、君にあやかって。敦実親王が万世の寿命をもつという前提でいう。「引く」は松の縁語。「む」は、「今日よりは」という文節を受けての未来の推量。『袋草紙』上巻や『十訓抄』一ノ三十には、能宣が父頼基に「先日、入道式部卿の御子の日に、悪くない歌を詠みました」と語って、この歌を示すと、頼基は、暫く詠吟して、傍らにあった枕で能宣を打って「とんでもないことだ。帝の御子の日があった場合に、どんな歌を詠むつもりか。なんと困った、愚か者よ」と叱ったという話が見える。父頼基は、主君を讃える時のためにこそ披露すべき、最高の出来映えと評価したのだ。

忠見1

ねのびするのべにこまつのなかりせば　ちよのためしになにをひかまし

子の日をする野辺に小松がもしなかったら、千年の齢をもつ先例として何を引けばよいのか。

『拾遺和歌集』春・二三に「題しらず　ただみね」として入集。『拾遺抄』春・二〇も「忠峯」。『古今和歌六帖』一・子日・四二、『金玉集』春・八も「ただみね」。『和漢朗詠集』子日・三一も「忠岑」。一方、『深窓秘抄』春・一三は「ただみ」、『三十人撰』一〇八は「名多」（→193頁）。御所本『忠岑集』一六八にも詞書「ねのび」で、西本願寺本『忠見集』八四にも詞書「朱雀院の御屏風に」で見える。朱雀天皇は、延長元年（九二三）誕生、同八年（九三〇）即位、天慶九年（九四六）退位、天暦六年（九五二）崩御。歌人として活動時期でいえば忠見がふさわしい。忠見詠が『忠岑集』に混入したのが混乱の始まりか。「子の日するのべにこ松」は、清正1参照。「なかりせば」「何を引かまし」は、反実仮想。「千代のためし」は、千年の寿命を保つ先例。「ちとせのためし君にはじめむ」（古今集・賀・三五三、素性）など。先例に「引く」（引用する）と小松を「引く」（引き抜く）とを掛ける。1番の題は「子日の松を引く」。

能宣2

もみぢせぬときはのやまにたつしかは　おのれなきてや秋をしるらむ

紅葉しない常緑の山に立つ鹿は、紅葉ではなく自分が鳴いてその声で秋を知るのだろうか。

『拾遺和歌集』秋・一九〇や流布本『拾遺抄』秋・一〇四に「題しらず」、第三句「すむしかは」で入集。書陵部本『拾遺抄』秋・一〇二は「すむ」として「たつ」と傍記。貞和本・一〇五も「すむ」に「タツィ」と朱記。『金玉集』二九、『深窓秘抄』四二、『三十人撰』一〇六、『和漢朗詠集』鹿・三三六もすべて「すむ」。『三十六人撰』では、何故古い本文であまり流布しなかったと思われる「たつ」を採用したのか。また、この歌は能宣の代表歌とされているにもかかわらず、何故『能宣集』には見えず、『重之集』に収められている（本文はすべて「すむ」）のか。不審の残る一首。常緑の意の「常盤」に「時は」を掛ける。紅葉によって秋を知ることができないので、自分の鳴き声を聞いて秋を知るのだろうか。「らむ」は原因推量。鹿は、鳴いているのだから、秋を知っているはず。紅葉しない常緑樹の茂る常盤の山では、妻を求めて鳴く自身の声によって秋を知るのか、と機知を詠む。2番の題は「鳴き声を聞く」。

忠見2

さ夜ふけてねざめざりせば　ほととぎす人づてにこそきくべかりけれ

夜が更けて目を覚まさなければ、ホトトギスの声を人伝に聞くことになっただろうよ。

『拾遺和歌集』夏・一〇四に詞書「天暦御時の歌合に」として入集。『拾遺抄』夏・六六。『天徳四年内裏歌合』の歌題は「郭公」。番えられたのは、元真2「人ならば」。実頼の判詞は「きかむともおもはでねざめしけんぞあやしき」と批判する。ホトトギスの声を聞こうと起きていたが、つい居眠りをしてしまったという状況だろう。「されど、うたがらをかし」と歌の風格は評価する。「さ夜」の「さ」は接頭語。「さよふけて　山ほととぎす　なくごとに　たれもねざめて」（古今集・雑体・一〇〇二、貫之）など。「寝覚めざりせば」は、眠りから覚めたことを前提に、もし寝覚めなかったら、という仮定。「人伝」は、人を介して、ことばを伝えたり聞いたりすること。ホトトギスの声を生に聞くのではなく、こんな声で鳴いていたよ、と他人の耳と口を通じて話を聞くことになっただろうけれど、ほんとうに直接聞けてよかった、と詠嘆が「けれ」にこもる。『金玉集』夏・二四、『深窓秘抄』夏・三〇、『和漢朗詠集』郭公・一八五。

能宣3

きのふまでよそに思ひしあやめぐさ　けふわがやどのつまとみるかな

昨日まで無関係に思っていたアヤメ草は、今日我が家の「つま」に葺かれて我が妻と見るよ。

『拾遺和歌集』夏・一〇九に詞書「屏風に」として入集。『拾遺抄』夏・七〇。「屏風」には、『能宣集』によると、月次屏風で、五月の「菖蒲葺きたる家の端に、人ながめてゐたる所」（御所本）「人の家に、菖蒲つき、女など出で居たる所」（西本願寺本）が描かれた絵に合わせて詠まれた歌。『如意宝集』夏・六、『和漢朗詠集』端午・一五八。「よそ」は、自分とは別の世界に属すると認識される物や人。菖蒲は、平安京郊外の淀などの沼地に生える植物で、我が家とはかけ離れた場所にあったもの。女も、自分とは無縁な存在と思っていた人。昨日までそう考えていた菖蒲と女が、今日、屏風絵を見ると、我が家の「つま」となったという。「つま」は、屏風絵に描かれていた菖蒲と女からの連想によって、菖蒲を葺く軒先の意の「端」と、配偶者または恋人の意の「妻」とを掛ける。『俊成三十六人歌合』九七、後鳥羽院撰『時代不同歌合』二一一にも。なお、能宣1・2は取り替えられている。3番の題は「草」。

忠見3

やかずともくさはもえなむ　かすがのはただ春の日にまかせたらなむ

たとえ焼かなくても草はきっともえるだろう。春日野はただ春の日に任せておいてほしい。

『古今和歌集』春・一七「春日野はけふはな焼きそ若草の妻もこもれり我もこもれり」を踏まえる。『忠見集』二に詞書「御屏風に／春、かすがの、ところどころやく」、第三句「かすがのを」。『古今和歌六帖』六・春草・三五五〇「ただみ」、『新古今和歌集』春上・七八「題不知　壬生忠見」。一方、御所本『忠岑集』一六七にも見え、『和漢朗詠集』草・四四二は忠岑詠。さらにまた、『重之集』一七六にも見え、『金玉集』春・一一や『前十五番歌合』二五は重之詠。春日野の野焼きが描かれた屏風絵に合わせて「焼かずとも」と逆接仮定し、「草はもえなむ」と「萌え」「燃え」を掛ける。きっと枯れ草は燃え、新しい草が萌え出すだろう、の意。「な」は強意、「む」は推量。「かすが」の漢字表記を思い浮かべ、「春の日」といい、「火」を掛ける。「まかせたらなむ」は、春になったから火を放つというのではなく、春の暖かい日が若草を生長させるのに任せておいてほしい。「たら」は存続。「なむ」は野焼きする者に対する願望。

兼盛《かねもり》（十八ノ左方）平兼盛

▼**和歌**　「くれてゆく」（↓212頁）

▼**装束**

○萎烏帽子《なええぼし》を被り、裏白鶸《ひわ》色秋草文の狩衣《かりぎぬ》を着て、青《あお》袴《ばかま》を佩く。

○狩衣の前身《まえみ》と両袖の間から紅の単衣《ひとえ》が覗く。

▼**姿態**

○体は右方の中務に対しながら、首は左を振り返り、やや視線を落とす。そのため烏帽子の先も左に傾く。

○右手は右の太腿部、左手は左の下肢に置く。

○掲出の一首は「くれてゆく」だが、「我が元結の霜」（白髪）が無く不適。「たよりあらばいかで都へ告げやらむ」（↓214頁）と都の方を振り返るさまか。

中務《なかつかさ》（十八ノ右方）中務

▼**和歌**　「秋風の」（↓203頁）

▼**装束**

○紅袴の上に、木賊《とくさ》の三重《みえ》襷《だすき》花菱《はなびし》文の単衣《ひとえ》、紅の匂いの五衣《いつつぎぬ》、鶸《ひわ》色の有文の小袿《こうちき》を着る。

○群青《ぐんじょう》の掛帯《かけおび》をかけて白地有文の裳を着け、霰《あられ》文の引腰《ひきごし》を長く垂らす。

▼**姿態**

○半開きの檜扇《ひおうぎ》を右手で持ち、やや顔を隠し、正面下方に視線を落とす。

○兼盛の視線を避ける態か。それとも「秋風の吹くにつけてもとはぬかな荻の葉ならは音はしてまし」と、離《か》れ方になった平兼材《かねき》を嘆き、恨むさまか。

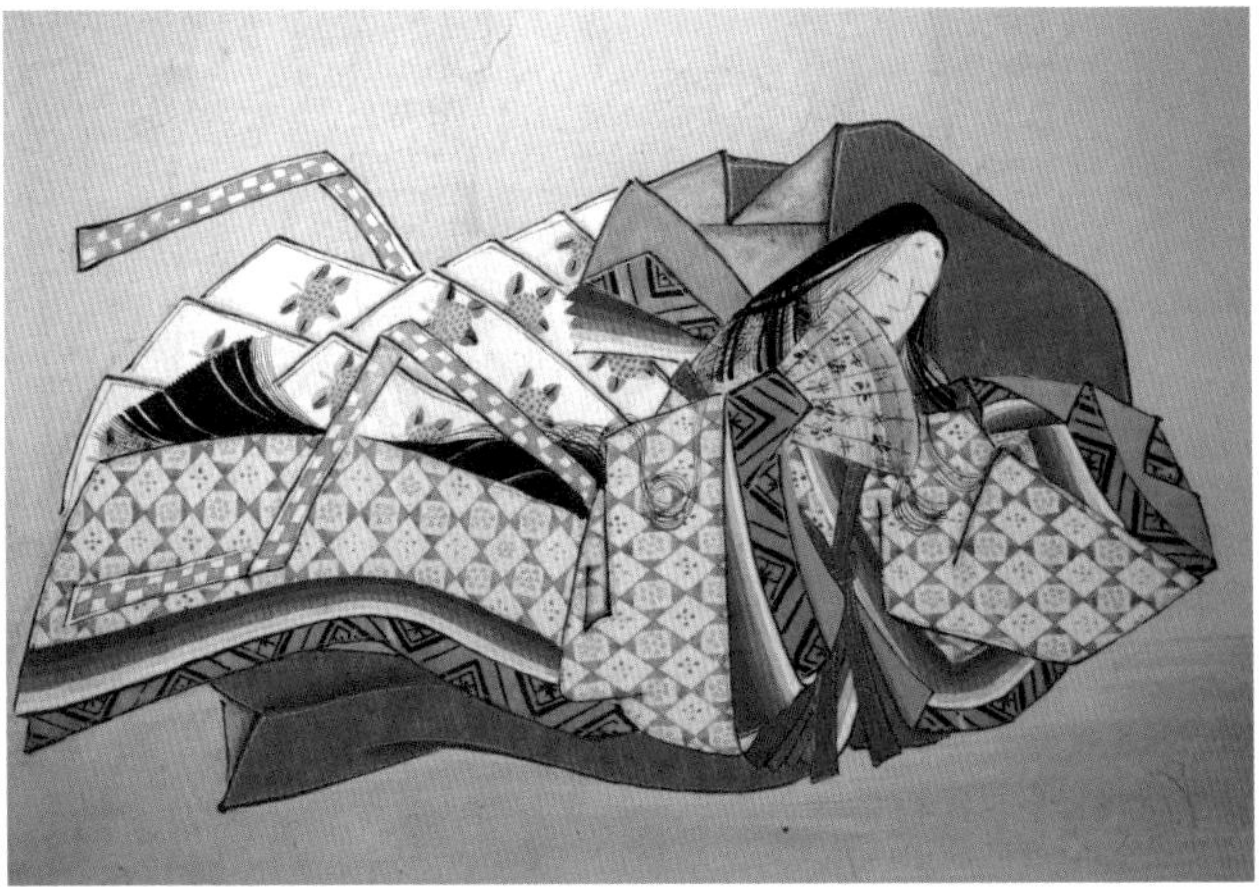

兼盛　▼**生涯**　『尊卑分脈』三ノ三六三頁によると、光孝天皇皇子是忠親王曽孫。父は大宰大弐筑前守従四上平篤行。生年未詳。『三十六人歌仙伝』によれば、天慶九年（九四六）従五位下、天暦四年（九五〇）越前権守、天徳五年（九六一）山城介、応和三年（九六三）大監物、康保三年（九六六）従五位上、天元二年（九七九）駿河守。『日本紀略』正暦元年（九九〇）十二月条に「従五位上駿河守平朝臣兼盛卒。和歌仙也」と見える。『大和物語』に多くの逸話が見え、呼称は「越前権守兼盛」（五十六段）「兼盛のおほきみ」（五十八段）など。梨壺の五人の中に入らなかったことが不審だという（袋草紙）。寛和元年（九八五）二月十三日の円融院紫野子日御遊に筆頭歌人として序を献じる（小右記）。『後撰和歌集』以下の勅撰集に八十七首入集。

▼**一首**　歌仙絵に掲げられる一首としては、「かぞふれば」（→204頁）か、「くれてゆく」（→212頁）か、『拾遺和歌集』恋一・六二二に詞書「天暦御時歌合」で入集する「**しのぶれど色にいでにけりわが恋は物や思ふと人のとふまで**」かのいずれか。心中深く秘めていたけれど、顔色に表れてしまった、私の恋心は。恋の物思いをしているのかと、人が問うほどまでに。この歌が『天徳四年（九六〇）内裏歌合』で壬生忠見の詠歌（→193頁）に勝ったことを聞き、兼盛は拝舞して退出し、他の勝負には執しなかったという（袋草紙）。俊成が兼盛の三首のうちの一首として撰び定家が『百人一首』に採った歌である。

中務 **▼生涯** 『尊卑分脈』二ノ一八九頁・三ノ三七八頁によると、父は、宇多天皇皇子中務卿敦慶親王。中務の呼称はこれに由来する。母は伊勢（↓29頁）。生没年未詳。伊勢から「かく詠むべし」和歌を習い（新撰髄脳）、伊勢と共に「権中納言敦忠が西坂本の山荘」に遊ぶ（拾遺集・雑上）。村上天皇から「伊勢が家の集」を召されて撰進して御製を賜り（拾遺集・雑秋）、伊勢集を書写して「人のもとにつかはす」（新勅撰集・雑三）こともあった。『後撰和歌集』や『信明集』などには、夫となる源信明（↓143頁）との贈答が見える。「子にまかり後れて」「娘に後れ」「孫に後れ」（拾遺集・春、哀傷）などと子や孫に先立たれ、永祚元年（九八九）以降に出家した新発意大江為基に歌を贈っている（家集）ので、その頃までは生存が確認できる。天暦七年（九五三）十月廿八日の「内裏菊合」（↓193頁）に出詠し、天元元年（九七八）の前斎宮微子女王の五十賀の御屏風の歌を詠む（家集）など、専門歌人として活躍。『後撰和歌集』以下の勅撰集に六十九首入集。

▼一首 歌仙絵に掲げられる一首としては、「鶯の」（↓207頁）か、『後撰和歌集』恋四・八四六に詞書「平かねきがやうやうかれがたになりにければ、つかはしける」で入集する「**秋風の吹くにつけてもとはぬかな荻の葉ならばおとはしてまし**」かのいずれか。あなたは私に飽きて訪れてくださらないけれど、もし荻の葉であれば、秋風が吹けばそよそよと音を立てるでしょうに、と詠む。俊成が中務の三首のうちに一首として撰んだ歌である。

兼盛1

かぞふればわが身につもるとし月を　おくりむかふとなにいそぐらむ

数えるとかくも我が身に積もる年月なのに、何故忙しく旧年を送ったり新年を迎えたりするのか。

『拾遺和歌集』冬・二六一に詞書「斎院の屛風に、十二月つごもりの夜」として入集。『拾遺抄』冬・一六二。『兼盛集』一九三の詞書は「うちの御屛風のれう／十二月仏名する家」で、円融朝の内裏屛風歌という。「仏名」は、十二月十五日より、後には十九日より三日間、宮中や諸寺院・諸家で仏名経を読誦して三世十方の諸仏の名号を唱え、その年の罪障を懺悔する法会。『拾遺和歌集』では直前に仏名の歌群が配列され、貫之の「年の内につもれる罪はかきくらしふる白雪とともに消えなん」（二五八）などのいかにも仏名にふさわしい歌とは異なるこの歌は、年末の感慨と解されたらしい。「斎院」は未詳。兼盛卒去が正暦元年（九九〇）（→202頁）で、この歌は晩年の感慨と思われるので、天延三年（九七五）に斎院に卜定された選子《のぶこ》内親王（賀茂斎院記）か。『深窓秘抄』冬・六二は第二句「わがみにとまる」。『和漢朗詠集』仏名・三九六。「送り迎ふと…いそぐ」は、『千載和歌集』冬巻軸歌に引き継がれる。1番の題は「述懐」。

中務1

わすられてしばしまどろむほどもがな　いつかはきみをゆめならでみむ

悲しみが忘れられて暫く微睡む時間がほしい。あなたにはもう夢でしか会えないのだから。

『拾遺和歌集』哀傷・一三一二に詞書「むすめにおくれ侍りて」として入集。『拾遺抄』恋下・三七三。中務の娘の一人は、『一条摂政御集』六七詞書や御所本（五一〇・一二）『中務集』二二四詞書に見える「ゐどの」が知られる。「忘ら」は四段活用動詞「忘る」の未然形。「れ」は自発の助動詞「る」の連用形。「もがな」は願望の終助詞。「かは」は反語。娘を失った悲しみが忘れられて、暫くでも微睡む時間がほしい。少しでも眠れたら、亡くなった娘と夢で会うことができるかもしれない。しかし一瞬たりとも悲しみは癒えず、微睡むことさえできない。この日常世界から遠く隔絶した別世界へ行ってしまった娘と再会する手段は、もう夢しかないのに、という。御所本『中務集』二八三では「ためもとしぼちのもとへ、十二首」の二首目に配され、『金玉集』雑・五四では「あつとしの少将みまかりてのち」父の実頼が詠んだ歌に続いて唱和する形で採られている。大江為基の出家や藤原敦敏の卒去の際にも利用されたか。

兼盛2

みやまいでてよはにやきつる　ほととぎすあか月かけてこゑのきこゆる

み山を出て夜半に飛んできたのか。暁にかけてホトトギスの声が聞こえることだ。

『天徳四年（九六〇）内裏歌合』十三番「郭公」の右歌として見える。『兼盛集』九八の詞書が「先帝の御時歌合、三月卅日、右／ほととぎす」だったため、一条朝に編纂された『拾遺抄』では、「先帝」を花山天皇と誤解したのか、その詞書は「寛和二年内裏の歌合に」（夏・六五）。『拾遺和歌集』は詞書を「天暦御時（村上朝）歌合に」（夏・一〇一）と修正。『深窓秘抄』夏・三二。ホトトギスは「み山」を出て人里に飛来する。ホトトギスの声が夜中を過ぎて暁になって聞こえる理由を、み山を出て夜中に遠い道程を飛んできたのか、と推量する。「かけて」は、ある時期から他の時期にまで及ぶ。ある時期の初めに至る。「梅がえにきゐるうぐひすはるかけてなけどもいまだ雪はふりつつ」（古今集・春上・五）の「春かけて」は、冬が過ぎて春になって。「暁かけて」は夜半が過ぎて暁になって。「おきつかぜ夜半にふくらし難波がたあか月かけて浪ぞよすなる」（新古今集・雑上・一五九七、定頼）は、同想。2番の題は「鳥の声」。

中務2

うぐひすのこゑなかりせば　ゆききえぬ山ざといかではるをしらまし

ウグイスの声がもしなかったら、雪の消えない山里ではどうして春の到来を知るのだろうか。

『拾遺和歌集』春・一〇に詞書「天暦十年三月廿九日内裏歌合に　中納言朝忠」として入集。「三月」は二月の誤り。荘子女王のもとで催された『麗景殿女御歌合』七に「鶯」題で見え、十巻本では「中務」、廿巻本では「あつただ」。「つ（徒）」は「さ（佐）」の誤写か。『拾遺抄』春・六の作者は、書陵部本「読人不知」、貞和本「中務」。『金玉集』四、『深窓秘抄』六、『前十五番歌合』二八、『三十人撰』一二二、『和漢朗詠集』鶯・七四は「中務」。公任は『拾遺抄』を編纂する段階で、初め作者に確信がもてなかったが、途中、荘子を母とする具平親王周辺から情報を得て「中務」と確信したらしい。『大斎院御集』には冒頭歌「ふりつもるゆききえやらぬ山ざとにはるをしらするうぐひすのこゑ」に続き、「かへし、衛門かみ」として本歌が見える。この衛門督は、左大臣道長の三男、権中納言で左衛門督をかけた当時十九歳の教通。あしかけ九年「右衛門督」だった中納言朝忠と誤解され、『拾遺和歌集』の作者表記となったか。

兼盛3

やまざくらあくまでいろをみつるかな　花ちるべくもかぜふかぬよに

山桜は見飽きるまで色を見たことだよ。花が散りそうな風も吹かない大平な治世のおかげで。

『兼盛集』四に詞書「をのの宮のおとどの桜の花御覧じにおはしましたりしに」、第二句「あくまでけふは」として収める。「小野宮のおとど」は、実頼。『続古今和歌集』春下・一〇四に詞書「清慎公、月輪寺《がつりんじ》のはな見侍りける時よみ侍りける」、第二句「あくまでいろを」として入集。『日本紀略』康保四年（九六七）二月廿八日「左大臣向月林寺《がつりんじ》翫花」とあり、この際の歌かと思われる。「花散るべくも風吹かぬ世に」は、天下太平を暗示する表現で、それを支えている実頼の政治力を寿ぐ。ゆったりとした山桜の豊満な美しさを堪能したという。『麗花集』春上・二二の詞書「ともに」（香紙切）は「おはしましたりしともに」の欠脱か。『深窓秘抄』春・一七、『和漢朗詠集』丞相付執政・六八一。すべて「色を」の本文。『元輔集』九、『能宣集』一一一、二にも同じ折の詠歌が見え、もとは「けふは」だったらしい。公任が「色を」に替えたか。『古今和歌集』仮名序の「ただことうた」の例歌として古注（割注）にも挙げる。

中務3

いそのかみふるきみやこをきてみれば　むかしかざししはなさきにけり

奈良の古京を訪れてみると、昔大宮人が挿頭にさしていた花が咲いたことだ。

西本願寺本『中務集』二四に詞書「村上の先帝の御屏風に、国々の所々の名をかかせたまへる／いそのかみ」として収める。『深窓秘抄』一五「なかつかさ」。一方、『清正集』七にも詞書「ある屏風うた」と収められ、第二句は「ふりにしさとを」。「いそのかみ」は、奈良県天理市石上。付近にある地名「布留」に掛けて「ふる」を導く。『日本書紀』によれば、かつて安康天皇の石上穴穂宮《あなほのみや》、仁賢天皇の石上広高宮《ひろたかのみや》があった。村上朝、名所絵内裏屏風が製作され、「石上」の画面には、官人たちの姿もなく、春が来てただ花が静かに咲く、長閑な田園と化した荒廃した旧都の様子が描かれていたか。「かざす」は、『万葉集』では黄葉・梅・萩・瞿麦・桜・柳・藤・山吹の花や枝葉を髪または冠に挿す。元来は、自然のもつ生命力を自分に感染させる意味があった。「し」は、戻れない過去であることを示す。『和漢朗詠集』古京・五二九には作者表記が無い。『新古今和歌集』春上・八八も「題不知　読人しらず」。3番の題は「花」。

兼盛4

もち月のこまひきわたすおとすなり　せたの中みちはしもとどろに

望月の駒を牽き渡す音がする。瀬田の長橋は長い行列が続いて足音が轟々と鳴り響く。

『麗花集』秋下・六七に詞書「するがへまかりけるとき、せたのはしといふ所にやどりてはべりけるに、こまひきのむまひきわたしけるをききて　かねもり」として収める。兼盛が駿河守に任ぜられたのは、天元二年（九七九）八月（歌仙伝）。「望月の駒」は、毎年八月の望月の頃に、諸国の牧場から献上される馬で、その馬を天皇に御覧に入れる儀式が「駒牽《こまひき》」。「瀬田」は、琵琶湖南端の、瀬田川への流出口に面する地名。「中道」なら土地の中央に通じている道だが、「瀬田の橋」は、瀬田の唐橋あるいは瀬田の長橋と呼ばれ、長く続いている道「長道」がふさわしい。東国から京への入り口に当たり、古来、京を守る要衝。「とどろ」は、音の力強く鳴り響くさま。『深窓秘抄』秋・三九。『九品和歌』六は「上下　心ふかからねども、おもしろき所あるなり」とする。書陵部蔵本（五〇六・八）『兼盛集』一〇五には「大嘗会歌／せたのはし／ひ（みカ）つぎものたえずそなふるあづまぢのせたのながはし音もとどろに」がある。

中務4

さらしなにやどりはとらじ　をばすての山までてらす秋のよの月

更級に宿はとるまい。姨捨の山まで照らす秋の夜の月が明るいので。

『忠見集』三三に詞書「み屏風に／さらしなにやどりとるたびびとあり」、第四句「山までてらせ」で収める。「更級」は、信濃国更級郡。「わが心なぐさめかねつさらしなやをばすて山にてる月を見て」（古今集・雑上・八七八）をはじめ、姨捨山や月と一緒に詠まれる例が多い。名所絵の画題としては、「天暦八年中宮七十賀御屏風のれうの和歌／をばすて山」（信明集・三三）など。天暦八年（九五四）に七十歳となった中宮穏子の賀のために製作された屏風である。「をばすて山に月をのぞむ客あり」（家経集・二五）とあるように、姨捨山に照る月を眺める人物が描かれていたか。「やどり」を「とる」は、「人の花山にまうできて、ゆふさりつかたたかへりなむとしける時によめる　僧正遍昭／ゆふぐれのまがきは山と見えななむよるはこえじとやどりとるべく」（古今集・離別・三九二）が参考になる。『深窓秘抄』四四「無名」、『三十人撰』一二四は第四句「やまでてれ」。何を根拠に中務詠とされたか、未詳。4番の題は「所」。

兼盛5

くれてゆく秋のかたみにおくものは　わがもとゆひのしもにざりける

暮れて行く秋が形見に置いていくものは、私の元結の霜であったことだよ。

『拾遺和歌集』二一四・秋巻軸歌に詞書「くれの秋、重之がせうそこして侍りける返ごとに平兼盛」、結句「しもにぞ有りける」として入集。『拾遺抄』一三三・秋巻軸歌。「暮の秋」は秋の末あるいは九月。重之と兼盛との交流は、『重之集』一七〇・一七一あるいは『兼盛集』一三九・一四〇など。「ざり」は「ぞあり」の約。「AはBにぞありける」型の和歌。Aは秋を擬人化して形見に置いていくものは何かと問題を提示。Bは「置く」に反応して私の元結の霜と解答。「元結」は、髪の髻を結い束ねる紐や紙縒、またはその元結で結い束ねた髪。「霜」は白髪の比喩。「わがもとゆひにしもはおくとも」(古今集・恋四・六九三)など。「秋の形見」は、遍昭以来「もみぢ」にそれを見てきたが、季節の秋に人生の秋を重ね、ゆく秋に老いを意識する。「ける」は発見の詠嘆。俊成をして「これこそあはれに詠める歌に侍るめれ」(古来風体抄)と言わしめた。『金玉集』秋・三一、『深窓秘抄』秋・五二、『和漢朗詠集』九月尽・二七八。

中務5

さやかにもみるべき月を　われはただなみだにくもるをりぞおほかる

はっきりと見えるはずの月なのに、私の目はただ涙に曇る折が多いことだ。

『拾遺和歌集』恋三・七八八に入集。源信明詠「月あかかりける夜、女の許につかはしける／こひしさはおなじ心にあらずとも今夜の月を君見ざらめや」（↓147頁）への返歌。『拾遺抄』恋下・三六四。『中務集』一九一。『信明集』一一三の詞書は「女、小野宮にまゐりて候をききつけて、さぶらひにゐて、月のあかき夜、人していひやる」と詳しい。召人のように中務が実頼邸に迎えられ、信明と逢うことが難しい状況下での贈答。『俊頼髄脳』は、この中務詠を「本の歌に詠み増し」た「返しよき歌」として評価している。信明「私はこの月を見てあなたを恋しく想っている。あなたはそうは想わないでしょうがこの月は見ていらっしゃるでしょうよ。それだけで満足です」、中務「何とおっしゃるのですか。あなたを想わなければこの明月をはっきりと見られるのに、私は恋うる涙で曇り、月を見られない夜が多いのですよ」と『俊頼髄脳』を注釈した橋本不美男は解釈する（日本古典文学全集『歌論集』小学館）。5番の題は「雑秋」。

兼盛6

たよりあらばいかで宮こへつげやらむ　けふしらかはのせきはこえぬと

伝手がもしあれば是非とも遠い都へ知らせたい。今日白河の関を越えたと。

『拾遺和歌集』別・三三九に詞書「みちのくにの白河関こえ侍りけるに　平兼盛」として入集。『拾遺抄』別・二二六。『兼盛集』一一にも詞書が「白川の関にて」とあり、これらによると、兼盛が実際に白河の関まで行き、そこで詠んだように思われるが、『金玉集』雑・七二の詞書は「屏風のゑに、白河の関にいる人かきたるところに」、『麗花集』雑・一一一の詞書は「をののみやのおほまうちぎみのいへの屏風に、しらかはのせきこえたるところ」とあり、屏風絵を見て、そこに描かれている人物になりきって詠んだ可能性が高い。『麗花集』によると小野宮実頼の薨去する天禄元年（九七〇）五月十八日（公卿補任）以前の歌らしい。「白河の関」は、下野国から陸奥国へ入る境に置かれた関所。『大和物語』五十八段は「兼盛、陸奥国にて」と語り、陸奥国の地名も挙がるが、物語であり、実際に白河の関を越えた証拠はない。『深窓秘抄』雑・九三、『三十人撰』一一六、『和漢朗詠集』行旅・六四九の第二句「みやこへいかで」。

中務6

まちつらむみやこの人に　あふさかのせきまできぬとつげややらまし

帰京を待っているという都の人に、逢坂の関まで帰ってきたと使者をやり告げさせようか。

御所本（五一〇・一二二）『中務集』四七に「左のおとどの御賀の屏風の／あふさか」として収める。天徳三年（九五九）十二月左大臣実頼六十賀の屏風歌。「あふさか」は、「逢坂の関」の略。山城国と近江国にまたがる逢坂山に、大化二年（六四六）頃設置された。東海道・東山道の京への入り口にあたる要所。関自体は近江国に属する。「あるところの絵／あふさかのせきに人のきあひたるところ」（前田家本元輔集・一七〇）などとあるように、関路を行く旅人が描かれていたか。徳川美術館蔵『源氏物語絵巻』関屋や『石山寺縁起絵巻』菅原孝標女参詣の場面などが参考になる。「つ」は強意。「らむ」は伝聞。「まし」はためらいの意志。やがて「源信明朝臣陸奥守にてまかりけるに伴ひて、任はててのぼり侍るとて相坂の関にて読み侍りける　中務」（玉葉集・旅・一一七〇）と理解され、初句・第二句は、藤原基俊撰『新撰朗詠集』行旅・六一〇「宮こ人まつらむものを」。『大鏡』七六「みやこにはまつらむものを」。6番の題は「関」。

兼盛7

ことしおひのまつはなぬかになりにけり　のこれるよはひおもひやるかな

今年生まれた松は生後七日になったよ。遙か先まで残っている齢を思いやることだ。

『拾遺和歌集』賀・二六九に詞書「右大将藤原実資うぶやの七夜に」、下の句「のこりの程を思ひこそやれ」として入集。「うぶや」は「産養《うぶやしなひ》」。小児誕生の日から数えて三、五、七、九日目の各夜に行う祝宴。母子の無事息災を願い、一族の繁栄を祝う。「七日」とあるので、ここは生後七日目に催された産養。『公卿補任』によれば実資出生は天徳元年（九五七）で、兼盛の活躍時期を考えると実資自身の産養とも考えられる（岩波新体系）が、前後の詞書「藤氏のうぶや」「ある人のうぶや」の書き方からすれば、実資の子の産養とする（和歌文学大系）のが妥当か。「今年生ひの」は、今年生まれた。「ことしおひの新桑繭《にひくはまゆ》」（貫之集・六九九）、「ことしおひの竹」（朝忠集・二八）などの表現を踏まえ、千歳の寿命をもつとされる松を当てはめた「ひとのこうみたる七日夜／かねてより千歳の影ぞおもほゆるまだふた葉なることしおひの松」（元真集・一八七）と同想。『三十人撰』の第四句「のこれるほどを」。7番の題は人生の「祝（産養・裳着）」。

中務7

わがやどのきくのしらつゆ　けふごとにいくよつもりてふちとなるらむ

我が宿の菊の白露は、毎年の九月九日ごとに幾世も積もって淵となるのだろうか。

『拾遺和歌集』秋・一八四に入集。詞書は「三条のきさいの宮の裳ぎ侍りける屏風に、九月九日の所」で、作者を「元輔」とする。前田家本『元輔集』一一の詞書は「皇太后宮の御もぎの御屏風のうた／九月九日」。一方、『中務集』八四にも詞書「若宮の御もぎを、としたる／菊を」として見える。「三条の后の宮」「皇太后宮」「若宮」は、朱雀天皇第一皇女昌子内親王。『日本紀略』応和元年（九六一）十二月十七日条に「承香殿ニ於テ初笄セラル」とあり、源順（↓159頁）・信明・朝忠・中務・元輔らが屏風歌を詠進したことが各家集によって知られ、作者が混同されたか。『三十人撰』中務十首・一一三の初句は「ももしきの」。『和漢朗詠集』九日・二六五の作者表記は「中務」。『拾遺和歌集』『三十六人撰』以外の第四句は「いくよたまりて」。絵には、菊に露が置いているのを見ている人物が描かれ、その画中の人物の立場から「我が宿の」と詠む。『奥義抄』二五四に「仙宮の菊のつゆはつもりて淵となるといふことあるなり」など。

兼盛8

あさひさすみねのしらゆきむらぎえて　春のかすみはたなびきにけり

朝日の射す峰の白雪はむら消えて、春の霞はたなびくようになったよ。

『麗景殿女御歌合』冒頭歌「霞」題で収める。『深窓秘抄』春・五。『和漢朗詠集』霞・七九の結句は「はやたちにけり」。「峰の白雪むら消えて」は重之1（→135頁）にも。「むら消えて」は、斑に所々消えて。『袋草紙』には「この歌の腰の句、人々相分かれて論ずと云々」と見え、「むら消えて」は「未だ銷《き》えざるの心」なのか、それとも「頗る消ゆるの意」なのか、議論があったことを記す。清輔は「未だ銷えざるの儀」は「甘心」（同意）できないという。この論争で「未だ銷えざる」の立場では「むら消えて」の「て」を逆接と解するか、それとも「むら消えで」と打消接続で読むことになろう。しかし、「朝日さす」は、『万葉集』に「冬過ぎて春来たるらし朝ひさす春日の山に霞たなびく」（巻十・一八四四）などと見え、「朝日さす」は、実景あるいは枕詞いずれの見方であっても「春」を導くものであって、雪解けの遅い峰の白雪でさえ「頗る消えて」と解釈するのがやはりふさわしい。8番の題は「春・秋の兆し」。

中務8

したぐる水にあきこそかよふらし　むすぶいづみのてさへすずしき

地下を潜って流れてくる水に乗って秋が通うらしい。泉を掬う手まで冷たいことだ。

『新千載和歌集』夏・三〇二に入集。御所本（五一〇・一二）『中務集』五五に「村上先帝御時の月なみの御屏風に／泉」として収める。「泉」は、「女五男八親王の御屏風の歌／人の家の泉のつらにすずむ」（源順集・二〇七）や「えいぐわん二ねん（九八四）、おほきおとど（頼忠）のいへの屏風のうた／六月、いづみあるいへに、うゐきのもとにさけのむ人々」（前田家本元輔集・一一八）などのように、貴族の邸宅の庭園にあり夏の納涼に供した。「対泉忘夏」（和歌一字抄・八九七）という歌題も見える。屏風には泉を手で掬う人が描かれていたか。「泉」なので「したくぐる水」は地下を潜って湧いてくる水。擬人化された「秋」が地下の水脈を通ってくるらしいと推定する。その根拠は「泉」の冷たさ。「冷」に龍光院本『法華経』平安後期点「スズシキ」。「むすぶ」は両手で水を掬う。「さへ」は添加の副助詞。『麗花集』四三の詞書は「まへのいづみを見て、秋のちかければ　中つかさ」。『和漢朗詠集』納涼・一六六は第三句「かよふなれ」。

兼盛9

わがやどのむめのたちえやみえつらむ　おもひのほかにきみがきませる

我が宿の梅の立ち枝が見えたのだろうか、思いがけなくあなたがお出でになったことだ。

『拾遺和歌集』春・一五に詞書「冷泉院御屏風のゑに、梅の花ある家にまらうどきたる所」として入集。『拾遺抄』春・一一。彰考館文庫蔵本『兼盛集』によると「内の御屏風四帖和歌」。「立ち枝」は、高く伸び立った枝。「見えつらむ」の「つ」は、一瞬見えたことを示す。「らむ」は原因推量。「君が来ませる」は、『万葉集』以来の表現。「吾待恋之《ワガマチコヒシ》　君曽《キミソ》来《キ》座流《マセル》」（巻八・一五二三）など。梅の花盛りの時期に来訪を受ける画中の人物の立場で、客の来訪を皮肉る。『更級日記』には、「これが花の咲かむ折は来むよ」と十三歳の菅原孝標女に言い残し、孝標と離別した継母が、新春になり梅が咲いても姿を見せないでいると、孝標女から「頼めしをなほや待つべき霜枯れし梅をも春は忘れざりけり」と責められて、兼盛詠を踏まえ「なほ頼め梅の立枝は契りおかぬ思ひのほかの人も訪ふなり」と返歌する場面がある。「梅がかをたよりの風やつげつらん春めづらしき君がきませる」（兼盛集・一四二）も同想。9番の題は「春の花」。

中務9

さけばちるさかねばこひし山ざくら　おもひたえせぬはなのうへかな

咲けば散る。咲かねば恋しい。山桜の、心配の絶えない花の消息よ。

『拾遺和歌集』春・三六に詞書「子にまかりおくれて侍りけるころ、東山にこもりて」として入集。『拾遺抄』春・二二。子に先立たれて、東山にある山寺に籠もっていた折の歌という。中務には「ゐどの」という娘がいた（一条摂政御集・六七詞書、御所本中務集・二〇二、二二四詞書）が、この「子」が「ゐどの」かは未詳。花が咲けば散ることを心配し、咲かなければ恋しい気持ちになる。山桜に、先立ってしまった我が子を重ねて詠む。『紫式部集』四三に「おなじ人（亡くなりし人のむすめ）、あれたるやどのさくらのおもしろきこととて、をりておこせたるに／ちるはなをなげきし人はこのもとのさびしきことやかねてしりけむ／「おもひたえせぬ」と、なき人のいひけることを思ひいでたるなり」と見え、『宝物集』巻三も「老少不定のことわりたがはずして、子におくるる人おほく侍るめり」として引く。御所本（五一〇・一二二）『中務集』一六の詞書は「正月、山ざとにて十二首／山桜」。「花のうへ」に亡き娘への愛着を重ねる。

兼盛10

みわたせばまつのはしろきよしの山　いくよつもれるゆきにかあるらむ

見渡すと松の葉の白い吉野山、幾代に渡って積もっている雪なのであろうか。

西本願寺本『兼盛集』五五に詞書「大入道殿御賀の御屏風の歌」で収める。「大入道殿」は兼家。『日本紀略』によれば永延二年（九八八）三月廿五日に兼家六十賀が常寧殿で行われている。この折の歌が西本願寺本『能宣集』四六二〜四八四にも見え、それによると「四尺屏風六帖」に各帖二ヶ月を当て、諸国の名所絵か描かれた。正月は「吉野山、峰に雪降り、霞立てり。人、山を見るところ」という場面。歌は、能宣・兼盛という当代の長老が担当した。兼盛は、画中の人物の立場から「見渡せば」と詠みはじめる。長寿で常緑の松を持ち出し、それさえも白くなるほどの「幾代」を祝う。兼家に即して歌意をとれば、長年の功労を称え、更なる長寿を願う。「積もれる」には、「を積める」という異文もあり、書陵部蔵本（五〇六・八）『兼盛集』五六、流布本『拾遺抄』一五五、伝藤原行成筆本『和漢朗詠集』山・四九八などが採用する。書陵部本『拾遺抄』一四八や『拾遺和歌集』冬・二五〇は「積もれる」。10番の題は「山・河」。

中務10

天河河辺涼しき　織女に扇の風を猶やかさまし

天の川の河辺は既に初秋で涼しいかもしれないが、織姫にこの扇の風をさらに貸そうかしら。

『拾遺和歌集』雑秋・一〇八八に詞書「天禄四年（九七三）五月廿一日、円融院のみかど、一品宮にわたらせ給ひて、らんごとらせ給ひけるまけわざを、七月七日に、かの宮より、内の大ばん所にたてまつられける扇に、はられて侍りけるうす物に、おりつけて侍りける　中務」として入集。「一品宮」は、円融天皇同母姉資子内親王（九五五〜一〇一五）。「乱碁」は、碁石または小石を用いてする遊び。遊び方は未詳。「乱碁とる」という。「負けわざ」は、勝負事で負けた方が、罰として勝った方の人々にする饗応や贈物。この時は扇が贈られた。「内の大盤所」は、清涼殿の西廂にあった台盤が置かれた部屋。女房の詰所となった。そこに献上された扇に張られていた羅や紗などの薄い絹織物に、織りつけてあった歌。陽明文庫本『円融院扇合』に詳しい。「白金を沈のかたに色どりて、二藍の裾濃なる羅かさねて、真名仮名にて織りつけたり。糸結ふ上にかさねたり」という。漢字表記はそれに由来するか。「貸す」は七夕の縁語。

歌題一覧

人麿・貫之　1　はじめの春　2　若菜摘む　3　春　4　郭公鳴く　5　山の紅葉　6　朝霧・落花　7　来ぬ人を待つ恋　8　鳥に寄せる夜の恋　9　哀傷　10　所（宇治川・逢坂関）

躬恒・伊勢　1　はじめの春　2　梅・松　3　花　4　花見　5　はての春　6　郭公　7　羈旅　8　秋花　9　恋　歎老

家持・赤人　1　はじめの春　2　取り合わせ（萩に露・梅に雪）　3　鳥

業平・遍昭　1　世の中　2　待つ女　3　人の思ひ

素性・友則　1　秋冬の夜　2　手ごと・木ごと　3　春・秋

猿丸・小町　1　鳥・花　2　錯覚・夢　3　奥山・世の中

兼輔・朝忠　1　「くる」と「ゆく」　2　所（二見浦・倉橋山）　3　煩悩（惑・恨）

敦忠・高光　1　挨拶　2　経難き世の中　3　思ひ

公忠・忠岑　1　山　2　寿命（算賀・哀傷）　3　君・我

斎宮女御・頼基　1　調度（琴・杖）　2　雑　3　廃園述懐

敏行・重之　1　歳時（立秋・立春）　2　自然（雲と星、風と浪）　3　雫・露

宗于・信明　1　節句　2　寄秋恋　3　人恋しさ
清正・順　1　歳時（子日・十五夜）　2　所（吹飯浦・賀茂川）　3　初冬・初夏
興風・元輔　1　秋　2　離別　3　恋ふる涙
是則・元真　1　ふるさと　2　郭公　3　対比（松と花、「消え」と「生ける」）
小大君・仲文　1　嘆き　2　恋　3　水・露
能宣・忠見　1　子日の松を引く　2　鳴き声を聞く　3　草
兼盛・中務　1　述懐　2　鳥の声　3　花　4　所（瀬田・更級）　5　雑秋
6　関　7　祝（産養・裳着）　8　春・秋の兆し　9　春の花　山・河

主要参考文献

凡例　一、執筆にあたって参考にした文献のうち、主要なものに限り一覧する。
　　　一、更に詳しく調べようとされる場合、参照願いたい。

＊歌仙絵「装束」「姿態」
森暢『歌合絵の研究 歌仙絵』（角川書店・一九七〇年）
あかね会編『平安朝服飾百科辞典』（講談社・一九七五年）
新修日本絵巻物全集19『三十六歌仙絵』（角川書店・一九七九年）
北村季吟古註釋集成別6『歌仙拾穂抄』（新典社・一九八〇年）
鈴木敬三『有職故実図典―服装と故実―』（吉川弘文館・一九九五年）
長崎盛輝『日本の傳統色』（京都書院・一九九六年）
視覚デザイン研究所編『日本・中国の文様事典』（二〇〇〇年）
福田邦夫『すぐわかる日本の伝統色』（東京美術・二〇〇五年）
並木誠士『すぐわかる日本の伝統文様』（東京美術・二〇〇六年）
池修『有職の文様』（光村推古書院・二〇一六年）
八條忠基『有職装束大全』（平凡社・二〇一八年）

京都国立博物館特別展図録『流転一〇〇年佐竹本三十六歌仙絵と王朝の美』（二〇一九年）

＊歌仙「生涯」

『新訂増補国史大系』（吉川弘文館）特に所収「尊卑分脈」「公卿補任」
『群書類従』『続群書類従』『続々群書類従』（続群書類従完成会）特に所収「三十六人歌仙伝」
『大日本史料』第一・二編（東京大学出版会）
『平安時代史事典』（角川書店・一九九四年）
『和歌文学大辞典』（古典ライブラリー・二〇一四年）

＊歌仙「和歌」総論

『新編国歌大観CD-ROM版Ver.2』（角川書店）
『新編私家集大成CD-ROM版』（エムワイ企画）
『冷泉家時雨亭叢書』（朝日新聞社）
『日本歌学大系』（風間書房）
久曾神昇『西本願寺本三十六人集精成』（風間書房・一九六六年）
橋本不美男編『宮内庁書陵部蔵御所本三十六人集全巻複製』（新典社・一九七一年）
平田喜信・新藤協三・藤田洋治・加藤幸一編『合本三十六人集』（三弥井書店・二〇〇二年）
新藤協三『三十六歌仙叢考』（新典社・二〇〇四年）
家永三郎『上代倭絵全史・年表 改訂重版』（名著刊行会・一九九八年）

樋口芳麻呂『平安鎌倉時代秀歌撰の研究』（ひたく書房・一九八三年）
樋口芳麻呂『王朝秀歌撰』岩波文庫（岩波書店・一九八三年）
島津忠夫『新版 百人一首』角川ソフィア文庫（角川書店・一九九九年）
佐竹昭広・大谷雅夫・山崎福之他『萬葉集』新日本古典文学大系（岩波書店・二〇〇三年）
西下経一・滝沢貞夫『新装ワイド版 古今集校本』（笠間書院・二〇〇七年）
久曾神昇『古今集古筆資料集』（風間書房・一九九〇年）
奥村恆哉『古今和歌集』新潮日本古典集成（新潮社・一九七八年）
竹岡正夫『古今和歌集全評釈 補訂版』（右文書院・一九八七年）
小島憲之・新井栄蔵『古今和歌集』新日本古典文学大系（岩波書店・一九八九年）
片桐洋一『古今和歌集全評釈』（講談社・一九九八年）
片桐洋一『後撰和歌集』新日本古典文学大系（岩波書店・一九九〇年）
工藤重矩『後撰和歌集』和泉古典叢書（和泉書院・一九九二年）
片桐洋一『拾遺和歌集の研究』（大学堂書店・一九七〇年）
片桐洋一『拾遺抄 校本と研究』（大学堂書店・一九七七年）
小町谷照彦『拾遺和歌集』新日本古典文学大系（岩波書店・一九九〇年）
増田繁夫『拾遺和歌集』和歌文学大系（明治書院・二〇〇三年）
菅野禮行『和漢朗詠集』新編日本古典文学全集（小学館・一九九九年）

久保田淳・平田喜信『後拾遺和歌集』岩波文庫（岩波書店・二〇一九年）
田中裕・赤瀬信吾『新古今和歌集』新日本古典文学大系（岩波書店・一九九二年）
萩谷朴『平安朝歌合大成』（同朋舎・一九五七年）
萩谷朴・谷山茂『歌合集』日本古典文学大系（岩波書店・一九六五年）
藏中さやか他『王朝歌合集』和歌文学大系（明治書院・二〇一八年）
平野由紀子『平安和歌研究』（風間書房・二〇〇八年）
坂口和子『貫之から公任へ 三代集の表現』（和泉書院・二〇〇一年）
今井源衛『大和物語評釈』（笠間書院・二〇〇〇年）

＊歌仙「和歌」各論

島田良二『人麿集全釈』私家集全釈叢書（風間書房・二〇〇四年）
村瀬敏夫『紀貫之伝の研究』（桜楓社・一九八一年）
木村正中『土佐日記　貫之集』新潮日本古典集成（新潮社・一九八八年）
田中喜美春・田中恭子『貫之集全釈』私家集全釈叢書（風間書房・一九九七年）
神田龍身『紀貫之』ミネルヴァ日本評伝選（ミネルヴァ書房・二〇〇九年）
田中登『紀貫之』コレクション日本歌人選（笠間書院・二〇一一年）
田中喜美春他『貫之集・躬恒集・友則集・忠岑集』和歌文学大系（明治書院・一九九七年）
藤岡忠美・徳原茂実『躬恒集注釈』私家集注釈叢刊（貴重本刊行会・二〇〇三年）

片桐洋一『伊勢』日本の作家（新典社・一九八五年）
清水好子『王朝女流歌人抄』（新潮社・一九九二年）
平野由紀子『平安私家集』新日本古典文学大系（岩波書店・一九九四年）
関根慶子・山下道代『伊勢集全釈』私家集全釈叢書（風間書房・一九九六年）
室城秀之他『小町集・遍昭集・業平集・素性集・伊勢集・猿丸集』和歌文学大系（明治書院・一九九八年）
小野寛『大伴家持』日本の作家（新典社・一九八八年）
島田良二『家持集全釈』私家集全釈叢書（風間書房・二〇〇三年）
梅原猛著作集『さまよえる歌集』（集英社・一九八二年）
片桐洋一『伊勢物語　慶長十三年刊嵯峨本第一種』（和泉書院・一九八一年）
阿部俊子『遍昭集全釈』私家集全釈叢書（風間書房・一九九四年）
新藤協三・西山秀人・吉野瑞恵・徳原茂実『三十六歌仙集（二）』和歌文学大系（明治書院・二〇一二年）
笹川博司『高光集と多武峯少将物語』（風間書房・二〇〇六年）
新藤協三・河井謙治・藤田洋治『公忠集全釈』私家集全釈叢書（風間書房・二〇〇六年）
藤岡忠美・片山剛『忠岑集注釈』私家集注釈叢刊（貴重本刊行会・一九九四年）
平安文学輪読会『斎宮女御集注釈』（塙書房・一九八一年）
目加田さくを『源重之集・子の僧の集・重之女集全釈』私家集全釈叢書（風間書房・一九八八年）
平野由紀子『信明集注釈』私家集注釈叢刊（貴重本刊行会・二〇〇三年）

藤本一恵『清原元輔集全釈』私家集全釈叢書（風間書房・一九八九年）
後藤祥子『元輔集注釈』私家集注釈叢刊（貴重本刊行会・一九九四年）
竹鼻績『小大君集注釈』私家集注釈叢刊（貴重本刊行会・一九八九年）
片桐洋一他『藤原仲文集全釈』私家集全釈叢書（風間書房・一九九八年）
増田繁夫『能宣集注釈』私家集注釈叢刊（貴重本刊行会・一九九五年）
高橋正治『兼盛集注釈』私家集注釈叢刊（貴重本刊行会・一九九四年）
稲賀敬二『中務』日本の作家（新典社・一九九九年）

あとがき

二〇一三年十一月、臨川書店発行『古書特選善本目録』奈良絵本・絵巻 特集号に掲載されていた「三十六歌仙絵巻」が目にとまった。公費で購入し、大阪大谷大学図書館の所蔵とした。

その書誌は以下の通りである。

江戸中期写。紙高32㎝、長さ884㎝の巻子本。保存状態は極上。絵は薄霞を背景に極彩華麗で、柿本人麿以下、中務に至る三十六歌仙の人物は極めて精緻に描かれている。古本佐竹本の写ではなく、三十六歌仙絵巻の一資料として、他の歌仙絵との比較検討に供す絵柄である。表紙は緞子装。見返しは総金箔。本文料紙は厚手の鳥の子紙。緒は薄紫色の平緒。軸は直径3㎝の象牙。「九曜文庫」印。

その後、二〇一四年度から四年間、学部長という大学の管理職を引き受けざるを得なくなり、せっかく購入したのに、ゆっくりと絵巻を眺める余裕のない状態が続いた。

＊

二〇一八年十二月、臥遊堂沽価書目『所好』参号所載の「三十六歌仙絵短冊」が目にとまった。ポケットマネーで手の届く範囲だったので、今度は私費で、即座に購入を決めた。実物も確認せず、少し不安だったが、届いた短冊を見ると、満足のいく可愛らしい三十六歌仙絵だった。

その書誌は次の通り。

寸法、縦36cm、横3.5cmの短冊。三十六枚揃で、塗箱に収まる。雲形文様を漉き込んだ打曇りの料紙。上に藍色、下に紫色の雲を棚引かせたものが二十五枚、上下ともに藍色（斎宮女御・頼基・敏行・重之・興風・元真・能宣・兼盛）が八枚、鎌倉末から室町時代にかけて凶事とされた上に紫、下に藍も三枚（家持・素性・猿丸）混じる。江戸時代に作られたものであろう。金泥で山水の下絵も施されている。歌仙絵は小さいが、顔は枯淡の雅味ある大和絵風で、衣裳は細密に描かれている。和歌は、拾穂抄型。

手元に短冊があると、ちょっとした時間を見つけて眺めることができ、世の憂さを片時忘れることができた。眺めているうちに、大学図書館に入れた「三十六歌仙絵巻」と比較してみたくなった。佐竹本三十六歌仙絵は勿論のこと、北村季吟の『歌仙拾穂抄』に描かれた歌仙絵にも手が伸びた。藏中スミ氏の愛情のこもった『三十六人歌仙』（おうふう・一九八七年）『江戸初期の三十六歌仙—光琳・乾山・永納』（翰林書房・一九九六年）なども繙いた。また、『百人一首』の光琳カルタや近衛家旧蔵カルタなどとの連続性なども気になった。

架蔵の短冊については、眺めているうちに個人で秘かに楽しむには惜しい気がして、昨年末、私家版で「資料紹介　三十六歌仙短冊」として小冊子にまとめた。

＊

その後、少し時間に余裕のある折、大阪大谷大学図書館の貴重図書室に籠もって「三十六歌仙絵巻」を繙いた。暫く無心にそこに描かれている歌仙絵を眺めた。

絵巻を眺めているうちに随分時間が経ち、そろそろ捲き戻さなければ、と思った時、ふと、心細い気持ちになった。絵巻という性格上いったん巻かれてしまうと、この絵巻が次に繙かれるのは何時になるだろう、絵画史上の価値などは専門外で私には判断がつかないが、この歌仙絵を入り口に、三十六歌仙の歌人たちの生涯やその詠歌について紹介できれば、この歌仙絵に、国文学上の資料的価値を少しは与えることができるだろう、それを小著にまとめておけば、誰かがいつか、この絵巻を繙くために訪ねてくることもあるかもしれない、それは定年退官の近い私に課せられた役割かもしれない、などと思いを巡らした。

大学図書館に相談したところ、幸い、画像掲載の許可が得られたので、以下のような作業に入った。

歌仙絵は、カラーで収録し、簡単に「装束」と「姿態」についてコメントを付した。

紙面の都合上、画面が小さく詳細が確認できない箇所もあり、そうした箇所のいくつかを拡大して口絵に掲げた。

例えば、家持の黒袍が有文であることは分かるが、拡大してみることによって、その文様が藤《ふじ》襷《たすき》中七曜《しちよう》文（公忠も同じ）であることが確認できるし、小町の萌黄《もえぎ》の単衣《ひとえ》は三重《みえ》襷《だすき》文、表着《うわぎ》は亀甲丸繋《きっこうまるつなぎ》中唐花《からはな》文、唐衣《からぎぬ》は白地桜川《さくらがわ》文であることなど、拡大してみないとよく分からない。また、斎宮女御が姿を隠す几帳の文様も、雷文《らいもん》、唐草文、四菱《よつびし》文はすぐ気がついても、根引松竹《ねひきまつたけ》文（元輔の狩衣にも同じ文様が確認できる）の根引松の部分は見落としかねないのである。

次に、三十六歌仙のそれぞれの「生涯」を概観し、歌仙絵に掲げられる「一首」について触れた。新藤協三『三十六歌仙叢考』（新典社・二〇〇四年）には教えられるところが多かった。三十六歌仙絵に掲げられる和歌の組み合わせによって、六つの型があるらしい。詳しくは同書を参照願いたいが、佐竹本型・尊円本型・行俊本型・松花堂本型・拾穂抄型・歌仙抄型という。

そして、小著の中心となるべき作業として、三十六歌仙の源流となった公任の撰んだ『三十六人撰』に収められた「和歌」百五十首についての口語訳を示し、解説を加えた。一首一頁と紙面を限定し、簡潔を旨とした。

そもそも『三十六人撰』は、藤原公任（九六六～一〇四一）が優れた歌人を三十人選び、その詠歌を一首ずつ歌合形式に撰集した『前十五番歌合』を基に、六名の歌人を差し替え、各一首ではなく、各十首、各三首あるいは各二首と、詠歌を増補して『三十人撰』を作り、さらに一名の歌人を除いて七名の歌人を加え、撰ぶ歌数も各十首あるいは各三首に整えたものである。よって、歌合という形式が意識されていることは明らかで、左方の人麻呂と右方の貫之の十番歌合として鑑賞してゆくべきもの。番えられた一組の和歌を頁の左右見開きに配した所以である。底本とした書陵部本（五〇一・一九）も「三十六人歌合」という内題をもつ。

現代人にとって、定家（一一六二〜一二四一）の撰んだ『百人一首』は馴染みがあるが、その約二世紀前に成立した『三十六人撰』など、読んだこともないという方も多いだろう。清少納言や紫式部などが活躍していた時代の、歌壇の大御所であった公任が、どんな和歌を評価していたのか、歌仙絵と併せ、味わってみてほしい。

＊

佐竹本三十六歌仙絵巻が切断され、切り売りされたのが大正八年（一九一九）十二月二十日。昨年二〇一九年がちょうど百年目に当たっていた。京都国立博物館では「流転一〇〇年」と題して切断された佐竹本三十六歌仙絵を一堂に会すべく展覧会が企画・開催された。私も前期・後期の二度、京都国立博物館に足を運び、佐竹本の現物と対面する機会をもち、何とも贅沢な気分に浸ることができた。本書も、そうした折に合わせ、三十六歌仙の歌仙絵とその詠歌の解説書として企画したものである。

かつては、あちらこちらの氏神を祀る神社にも三十六歌仙絵が奉納され、額が掲げられていた。しかし現在、そうした神社は、式内社も含め、氏子の数が減少し、地震や台風などの自然災害で傷んだ神社の復興や維持も困難になっていると仄聞する。小著を携え、歌仙絵の絵柄を確認したり、和歌を判読したりする機会になれば、大変有難いことで、うれしく思う。

末筆ながら、貴重書の図版掲載を許可された大阪大谷大学図書館には心から御礼申し上げる。また、風間書房には、『惟成弁集全釈』（二〇〇三年）『高光集と多武峯少将物語』（二〇〇六年）『為信集と源氏物語』（二〇一〇年）『紫式部集全釈』（二〇一四年）『源氏物語と遁世思想』（二〇二〇年）と折に触れ、お世話になってきた。今回もまた、我が儘なお願いをすることになった。本書刊行のためご尽力いただいた風間敬子社長には、深く感謝するものである。

笹川博司

二〇二〇年秋

和歌初句索引

凡例　一、『三十六人撰』所収和歌および歌仙絵に掲出される和歌の初句索引である。
　　　一、算用数字は、所載頁である。

主要語彙索引

凡例

一、有職装束・歌語（歌学）・地名・人名などに関する主要語彙の索引である。

一、歌語のみ歴史的仮名遣いで示すが、読み方に従って五十音順に配列した。

一、算用数字は、所在頁を示す。

著者略歴

笹川博司（ささがわ　ひろじ）

1955年大阪府茨木市に生まれる。
1979年京都府立大学文学部卒業。
1993年大阪教育大学大学院修了。
1998年博士（文学）〈九州大学〉
現在、大阪大谷大学教授。

著書
『深山の思想―平安和歌論考―』（1998年・和泉書院）
『惟成弁集全釈』（2003年・風間書房）
『隠遁の憧憬―平安文学論考―』（2004年・和泉書院）
『高光集と多武峯少将物語―本文・注釈・研究―』（2006年・風間書房）
『為信集と源氏物語―校本・注釈・研究―』（2010年・風間書房）
『紫式部集全釈』（2014年・風間書房）
『源氏物語と遁世思想』（2020年・風間書房）
現住所　〒567-0854　大阪府茨木市島２丁目6-7

三十六歌仙の世界
―公任『三十六人撰』解読―

二〇二〇年一一月三〇日　初版第一刷発行

著者　笹川博司
発行者　風間敬子

発行所　株式会社　風間書房
101-0051　東京都千代田区神田神保町一―三四
電話　〇三―三二九一―五七二九
FAX　〇三―三二九一―五七五七
振替　〇〇一一〇―五―一八五三

印刷　藤原印刷
製本　高地製本所

NDC分類：911.137
ISBN978-4-7599-2340-7　Printed in Japan